L'échappée des petites maisons

Romans pour la jeunesse :

Trilogie des *Chimères* :
1. *Entre l'arbre et le roc,* Éditions JCL, Chicoutimi, 1997, réédition en 1998.
2. *Délire virtuel,* Éditions JCL, Chicoutimi, 1998.
3. *Circée l'enchanteresse,* Éditions JCL, Chicoutimi, 2000.

Le Cheval du Nord, Éditions JCL, Chicoutimi, 1999.

La Marquise de poussière, Éditions JCL, Chicoutimi, 1999.

Le Jeu de la mouche et du hasard, Hurtubise HMH, coll. Atout/Récit, Montréal, 2007.

MARJOLAINE BOUCHARD

L'échappée des petites maisons

roman

Les Éditions de La Grenouillère

Les Éditions de la Grenouillère remercient de son soutien financier la Société de développement des entreprises culturelles du Québec (SODEC).

Gouvernement du Québec – Programme de crédit d'impôt pour l'édition de livres – Gestion SODEC.

—

Mise en pages : TypoLab
Photo de l'auteur : Donald Perron
Illustrations : François Jean

—

CATALOGAGE AVANT PUBLICATION
DE BIBLIOTHÈQUE ET ARCHIVES NATIONALES DU QUÉBEC
ET BIBLIOTHÈQUE ET ARCHIVES CANADA

Bouchard, Marjolaine, 1958-
        L'échappée des petites maisons
        (Collection de la grenouille bleue)
        ISBN 978-2-923949-02-4
        I. Titre.

PS8553.O774E23 2011   C843'.54   C2011-940338-2
PS9553.O774E23 2011

—

Les Éditions de La Grenouillère
C.P. 67
Saint-Sauveur-des-Monts (Québec) J0R 1R0

Dépôt légal, deuxième trimestre 2011
Bibliothèque et Archives nationales du Québec
Bibliothèque et Archives Canada
© Les Éditions de La Grenouillère, 2011

ISBN 978-2-923949-02-4

*À Florence
qui a déterré les clés.*

Une fissure entre chair et pensée
par laquelle se glisse le Malin.

Jacques Spitz, *Ceci est un drame*

PARTIE I — L'UNE

I

Raconte encore

MAL, SI MAL. Des crampes plein le ventre. On dirait que ça cuit dedans. Replier les jambes, se mettre en boule, gémir en se balançant, masser avec la paume, respirer vite, plus vite. Non ! Couper le souffle, tenir, expirer, recommencer... Rien n'y fait, le mal creuse. Elle voudrait se rendormir, sombrer en mer profonde, flotter à travers les algues, mourir. Ne pas ouvrir les yeux, ne pas voir le monstre qui la torture. Elle crispe le visage, relâche, inspire plus doucement.

La vague passe. Longtemps, elle reste étendue sur le dos avant d'entrouvrir les paupières. Un plafond à la peinture écaillée, une commode à miroir, une dentelle dessus, une table de chevet, une chandelle, une tasse ébréchée, du soleil derrière les rideaux, des draps qui sentent le grand air. Elle est vivante, elle respire, son cœur bat. Seule dans le lit. Elle reconnaît la chambre, la petite maison de campagne de ses grands-parents. Tranquille. Elle appelle. Silence. C'est vrai, ils n'habitent plus ici, lui ont légué cette maison.

Elle a le front chaud et les pieds glacés. Sortir du lit semble tenir de l'exploit. Marcher jusqu'à la cuisine, un terrible périple. Elle repousse les couvertures et se lève. Au bout de trois pas, elle voit noir et s'écroule. Sur le plancher froid, elle reprend conscience. Elle s'assoit, attend un peu, se relève doucement, enfile une robe de chambre, des pantoufles, traîne les pieds l'un après l'autre, avance, avance... Tout se remet à tourner. La sueur coule dans son dos et une crampe la plie en deux. Elle poursuit en s'agrippant aux meubles.

Un feu pétille dans le poêle à bois, une bouilloire ronronne. Sur la table, des fruits, du pain et du fromage dans un panier d'osier.

«Hé! Il y a quelqu'un?»

Il neige.

Elle avale quelques bouchées et ses pensées s'éclaircissent. Elle a l'impression d'émerger d'un fond salin au goût de larmes. Son corps ne porte pas de marque, d'éraflure, rien de cassé. Dans le miroir, elle ne se reconnaît pas. Bien sûr, elle se souvient de cette rousse de trente-six ans, enfant unique élevée dans la ouate d'un beau quartier de Saint-Lambert où elle a fait des études en bureautique. Où sont passés les joues roses, la peau de pêche, les lèvres pleines?

Et ce ventre... si douloureux.

Combien de jours, de semaines, de mois ont déserté le calendrier? Sa mémoire n'est pas perdue, pas complètement. Elle arrive à se remémorer le passé plus lointain. Quant aux événements plus proches...

Sur la table, un rayon de soleil frappe la couverture nacrée d'un cahier neuf. Elle l'ouvre. Les pages blanches forment un éventail roulant. Sur la première, elle découvre des petits dessins qu'elle décode.

Un message de sa fille Moïra qui, fidèle à son habitude, a dessiné plutôt qu'écrit. Jamais cette enfant n'a voulu enligner les lettres pour écrire simplement comme tout le monde. Tracer les lettres à la queue leu leu l'ennuyait. À côté, un stylo. Elle le fait tourner entre ses doigts, puis trace des cercles, des angles, des lettres. Elle se souvient des gestes de l'écriture. Écrire... Raconter... Quoi ? Quelle histoire ?

Où est Moïra ? Elle cherche des indices partout au rez-de-chaussée. L'ascension de l'escalier lui paraît trop périlleuse pour ses jambes. Tant pis, elle grimpera à quatre pattes. En haut, à gauche, se trouve la chambre d'enfant. Toujours à quatre pattes, elle pousse la porte. Passé le seuil, son genou fait gémir une planche. On jurerait qu'elle a été retirée puis reclouée là dernièrement.

Un petit lit aux draps tirés, des figurines çà et là, des bouquets de plumes dans les bouteilles, des coffres aux trésors, des perles qui roulent par terre, des bobines de ficelle, des bricolages, des collections de roches et de faux diamants, des peluches, des dessins, encore des dessins les représentant, elle et de sa fille, se tenant la main.

Mais pas de Moïra.

Avant de quitter la chambre, elle voit, collé sur la face intérieure de la porte, un bout de papier.

Moïra reviendra. Elle tient toujours parole. Mais trois semaines, c'est long.

Sur le plancher de bois, les nœuds, comme autant d'yeux, l'observent. Lorsqu'elle pose le pied tout près du seuil, elle perçoit un soupir sous la planche qui fait jour. Elle y colle son oreille. Un frisson la secoue. Elle se relève et descend à la cuisine.

Sur la table, elle ouvre le cahier blanc. Entre le pouce et l'index, elle pince la pointe du stylo. La main, bien appuyée sur la feuille, s'applique et trace : «Premier jour». D'accord, elle écrira, malgré sa mémoire défaillante et son ventre miné. Pendant vingt-et-un jours, en attendant que Moïra revienne, elle lui racontera une histoire, comme elle le faisait avant.

Il était une fois, une femme qui s'était réveillée seule dans sa petite maison, avec un trou dans la mémoire, un abîme qui lui donnait le vertige quand elle marchait. Pour ne pas tomber, elle s'accrocha à un message codé qu'elle trouva dans un livre aux pages vierges, à un stylo et à une fissure, dans le plancher de la chambre de sa fille. Dessous, elle avait entendu un murmure, des craquements, un gémissement. Cela lui parut très étrange. Elle n'était pas seule dans cette maison.

Pause. Mal à la main, crispée trop fort sur le stylo. Elle s'étonne de retrouver la magie de l'écriture. Elle en oublie ses maux de ventre, s'étire, se redresse, se sert une autre tisane qu'elle sirote en contemplant les flocons dehors.

*

Deuxième jour
Bouger semble plus facile. Les crampes tiraillent moins et se sont transformées en haut-le-cœur intermittents. Des vêtements propres ont été déposés sur la vanité de la salle de bain, de la nourriture sur la table. Après avoir mangé, elle se lave, se coiffe et retourne à l'étage.

Elle se penche, l'oreille sur le parquet. Elle retient sa respiration comme une fillette devant une libellule sur un brin d'herbe. Des chuintements, des crépitements, puis de faibles bruits. Le vent, le froid qui fait craquer la maison? Une souris? Elle redescend à la cuisine où, avant son réveil, quelqu'un a encore allumé le feu, fait chauffer de l'eau et préparé la tisane. Sans doute a-t-elle été très malade et sort-elle d'une longue convalescence. Une bonne âme s'occupe d'elle.

Dans l'après-midi, elle endosse son manteau, mais quand elle s'apprête à enfiler ses bottes, elle trouve le placard vide. Toutes les chaussures ont disparu! Elle n'a que ses pantoufles.

À compter de ce jour, la femme se retrouva aux prises avec une bien étrange affaire, à la fois fascinée et troublée par cette planche disjointe dans la chambre, une fissure de plus en plus marquée. Dessous, elle entendait des bruits, comme s'il s'agissait d'un petit animal. Pour vérifier, elle introduisit, par la fente, un bout de papier enduit de beurre d'arachide en laissant dépasser une partie de la feuille.

Un beau conte pour Moïra... À raison d'un paragraphe ou d'une page par jour, elle réussirait à tenir le coup. Les contes ne sont-ils pas les remèdes de l'âme? Surtout, surtout, ne rien révéler de ses angoisses, de ses maux de ventre. Moïra s'inquiéterait. C'est une enfant si fragile.

Elle reprend les tâches. Comme avant, elle fait du ménage, ramasse, au fur et à mesure qu'elles tombent sur le comptoir, les poussières de pain qu'elle enferme dans un cruchon pour en faire de la chapelure dont elle garnira les pommes de terre. Elle trie les déchets compostables, recyclables, réutilisables, combustibles... Elle place les différents débris dans des boîtes, comme le faisait Moïra.

Avant d'aller au lit, elle laisse un mot à son samaritain: «*S'il vous plaît, réveillez-moi à votre prochaine visite. J'ai tant de questions à vous poser. Merci pour tout.*»

Troisième jour
Une sorte d'entrain la sort du lit. Le feu est allumé, la bouilloire souffle. Personne ne l'a réveillée. Elle poursuit son récit.

Le lendemain, non seulement le beurre d'arachide avait été mangé, mais la feuille de papier avait disparu. Ce n'était donc pas le fruit de son imagination: sous le plancher, une petite bête gambadait et elle aimait le beurre d'arachide. Ou le papier... Sans doute une souris.

Pour l'attraper, elle imagina différentes méthodes; la plus efficace serait de retirer la planche et de poser un piège. Elle essaya avec un couteau. Les clous s'agrippaient. Il lui fallait un pied de biche. Elle ne se souvenait plus où était rangé l'outil. Les choses qui servent peu souvent disparaissent parfois, surtout de notre mémoire. Elle descendit à l'atelier où elle craignait les fantômes de la cave. Qu'à cela ne tienne, elle était prête à explorer le monde souterrain, les mystères de cette vieille demeure pour découvrir qui était le petit visiteur.

Mais la porte de l'atelier était verrouillée. Elle fureta partout. Pas de clé. Elle chercha la clé, celle avec un anneau gravé d'une croix. La clé de la foi, comme elle l'appelait.

Près du bac de lavage, elle découvre des draps et des vêtements tachés de sombre. On dirait du sang. Elle plaque ses mains sur son ventre. Le sombre gagne sa tête et elle en oublie ce qu'elle cherchait. Elle oublie tant de choses.

Quatrième jour

Elle fixe les craquelures du plafond. Pendant un long moment, elle fouille son cerveau. Encore perdu le fil. Sur la table de chevet, elle voit le cahier à la couverture blanche, lit le dernier paragraphe. Bien. Cette histoire lui permet de recoudre les jours.

« Allez, debout ! » Il faut trouver la clé de l'atelier, le pied de biche, ouvrir le plancher, capturer une bestiole, inventer des mystères pour Moïra. Une fissure, un genre de trappe qui fait perdre pied, perdre la tête, puis vous avale en entier. Imaginer une autre histoire, y jouer un rôle. Faire semblant… C'est ce qui l'a toujours protégée de la banalité.

Lorsqu'elle ouvre le cahier pour écrire, un objet tombe. Une clé gravée d'une croix.

Elle déverrouille et pousse la porte de l'atelier. Dans le coin de la pièce, le grand rouet attend. Elle l'y a rangé depuis des lunes, elle le sait. Étrange… Il a perdu sa quenouille. Quelqu'un s'amuse à voler ses affaires. Ses inquiétudes commencent à prendre le goût de la peur. Heureusement, le pied de biche est là, accroché au-dessus de l'établi. Elle pourra s'en servir pour se défendre.

Elle essaya de retirer la planche, mais la pièce de bois ne bougeait pas d'un millimètre. Elle s'acharna à deux mains, par secousses, pour la soulever. Elle avait chaud, mal aux bras et n'arrivait à rien. Alors, elle procéda autrement : à deux pieds sur la barre de fer, en y allant de tout son poids. Petit à petit, une extrémité se souleva. Les clous pleurèrent, se tordirent et consentirent finalement à lâcher. Cette maudite planche, elle la tenait maintenant au bout de ses bras, avec ses clous tordus, son nœud, comme un oeil borgne. Elle avait réussi.

Une crampe, soudaine et cuisante, la fait se recroqueviller. Le stylo laisse une longue biffure sur la page. Et après ? Plus rien.

Sixième jour

Quel sommeil étrange… Il s'agit sans doute du ressac de sa maladie. Elle dort trop et perd le décompte des jours qu'elle s'applique pourtant à tenir dans son cahier. Elle étire les jambes, le dos, les bras. Ça ira. Elle met le pied hors du lit, tire le rideau. La fenêtre est encore givrée.

Elle monte à la chambre de Moïra. Elle fouille dans le trou du plancher et y récupère, très loin, un objet. On dirait une mue de reptile ou bien le corps d'une grenouille. Dégoûtée, elle rejette la peau séchée au fond du trou.

La porte d'entrée grince. Quelqu'un ? Elle court, regarde par la fenêtre, à gauche, à droite. « Moïra ! C'est toi ? » Personne. Dehors, des traces. Elle veut sortir de la maison, la porte est verrouillée. Elle court vers la porte arrière. Fermée à clé. Même celle de la cave où elle découvre un rébus collé à la fenêtre.

Prisonnière dans sa maison. Peut-être y a-t-il un cataclysme, une affreuse guerre? À moins que son ange gardien n'ait pris cette précaution pour ne pas empirer le mal, pour qu'elle ne prenne pas froid et ne s'égare pas pendant la convalescence...

Septième jour
Aux premières lueurs de l'aube, enveloppée dans une couverture, elle s'assoit sur le plancher dans la chambre de Moïra. Elle attend. Comme les jours s'étirent, avec la solitude et cette maudite boule dans la gorge! Une peur bleue la guette jour et nuit, embusquée sous le plancher. Cette maudite peur, celle de la rouille, de la pourriture, de l'oubli. Et toujours cette présence...

Chasser l'obscur, continuer de rêver. Trouver comment. Elle ne veut pas retourner dans les abîmes dont elle s'est extirpée, ce néant, ce pan de vie perdu. Elle s'accrochera. Cette petite bête palpitant sous le plancher lui tiendra compagnie.

Après une grande inspiration, elle enfonce le bras, étire la main et, du bout des doigts, explore. Entre les solives, elle touche, tout au fond, un coffret qu'elle glisse vers elle. Des objets bougent quand elle le secoue, mais il est verrouillé. Pas de clé. Elle ne veut ni forcer ni briser le bel écrin.

À l'arrière du coffret, une manivelle qu'elle tourne. Elle reconnaît l'air : *Fais un vœu*. D'autres souvenirs surgissent. Ce coffret musical, elle l'avait offert à sa petite Moïra pour y enfouir ses peurs. Combien de fois avait-elle remonté le mécanisme pour chanter et calmer sa fille, le soir...

Elle se berce en fredonnant.

Fais un vœu, mon bonhomme,
Car je peux, mon bonhomme,
Si tu veux, mon bonhomme,
Te donner le bonheur.

Elle pensait que sa maison était hantée par un génie malveillant. Elle croyait l'avoir transporté lors du déménagement, à l'intérieur d'une théière à motif fleuri. Depuis que cette théière était installée dans le vaisselier, des choses étranges se produisaient dans la maison : des bruits nocturnes, des grattements dans les murs et les plafonds, des problèmes de plomberie, la vieille pompe bouchée, des choses qui disparaissaient... Longtemps, elle avait cru qu'il s'agissait de souris ou de rats.

Mais qui s'amusait à souffler les lampes quand elle quittait une pièce ? Qui allumait le feu, le matin, avant son réveil ? Qui déposait la nourriture sur le coin de la table ? Qui cachait les clés ? Qui avait volé les bottes et la quenouille du rouet ?

Et s'il y avait un emprunteur dans sa maison ?

Elle avait déjà lu, lorsqu'elle était enfant, un livre sur les lutins domestiques. On y donnait des trucs pour s'en débarrasser lorsqu'ils devenaient incommodants. On y expliquait que les lutins domestiques étaient très fiers de leur petite personne. Pour les exterminer, il suffisait de déposer, çà et là, des vêtements minuscules. Lorsque le lutin les découvrirait, il jugerait de leur qualité et de leur tendance. Si, par exemple, le petit chandail qu'on avait laissé sur le plancher lui plaisait, il l'endosserait et, très satisfait, irait se pavaner ailleurs. Par contre, si le chandail ne lui plaisait pas, le lutin serait si insulté de ce cadeau de mauvais goût qu'il quitterait la maison, le nez en l'air, outré de l'offense. Bref, vêtements très beaux ou très laids : il s'en irait.

Huitième jour

Aucune horloge. C'est elle qui n'avait pas voulu de ces égreneurs de temps lorsqu'elle avait intégré la maison. Elle ne voulait pas détruire sa vie à coup de tic-tac. Pas de tic-tac, mais d'inquiétants cric-crac. Pas de montre, mais beaucoup, beaucoup de temps.

Elle a encore trop dormi. Son cerveau ne roule pas bien. Mauvais jour.

Elle se servit de vêtements de poupée : un pantalon, un chandail et un bonnet de laine. Des vêtements pas plus grands qu'une main qu'elle déposa dans le trou. Elle verrait, le lendemain, si sa tactique allait fonctionner.

En regardant par la fenêtre, elle aperçoit des traces entre la remise et la maison. Quelqu'un a rentré du bois, vidé la cendre du poêle.

Le lendemain matin, dans la cuisine, sur la cendre répandue au sol, elle vit des empreintes de pieds, pas plus grandes que le bout de son pouce.

23

Plus étrange, dans la chambre d'enfant, elle trouva une vieille poupée vêtue du costume laissé la veille. Au cou de la poupée était attachée la clé d'un coffre à bijoux : la clé du rêve. Elle ouvrit le coffret. Dedans, il y avait un collier en or serti d'émeraudes, une bague à diamants et des mots collés sur un billet : POUR RÉALISER VOS RÊVES.

2

Le piège

DIXIÈME JOUR
La neige tombée depuis trois jours a enseveli les alentours, mais un sentier menant à la bergerie a été dégagé. Sans doute, un voisin s'occupe-t-il des chèvres... mais elle ne le voit jamais.

Encore une journée de pensées cendreuses, de minutes pesantes et de tisane. Elle se penche sur le cahier, imagine la suite du conte pour que l'écriture la libère de cette hantise qui gruge ses heures, comme un acide ronge les chaînes.

Avant d'entrer dans la chambre, elle marchait fort, frappait dans ses mains, allumait la lampe. Cette créature avait sans doute peur de la lumière puisqu'elle ne sortait que la nuit. À quoi pouvait bien ressembler un petit être vivant dans un univers sombre, se nourrissant de cheveux perdus, de cellules mortes, d'objets oubliés, de restes de vie? Ce devait être un diablotin, sale et vieux, monstrueux, à la peau pâle et ridée, les mains calleuses. Ses cheveux, longs et blancs, clairsemés sur une tête trop grosse fichée à même un corps gracile, une chevelure trop éparse pour dissimuler le visage crispé, un nez recourbé et des yeux malicieux, pleins d'espièglerie, sous des sourcils en broussailles.

Autrefois, les scientifiques étaient convaincus que si on déposait des vêtements sales et de la nourriture dans une boîte fermée, il en sortirait, au bout d'un temps, une

génération de souris née à même cet écosystème. La géné-
ration spontanée. Ainsi, dans des conditions particulières
et dans un milieu donné, des bactéries, des petites bêtes
ou autres populations venues de nulle part pouvaient
émerger. Théorie farfelue, peut-être, mais qui expliquait
bien des phénomènes.

À partir de ce jour, elle fut certaine que son diablotin
ne venait pas d'ailleurs; il était né à même les entrailles
de la maison.

Douzième jour

Le vent traverse les murs et les remparts de livres
des bibliothèques. Le feu crachote et le plancher
reste glacial. La réserve de bois baisse. Faudra-t-il
brûler les bouquins pour tenir jusqu'en avril? Elle
porte son manteau, son bonnet et, si elle avait ses
bottes, elle les enfilerait volontiers. Elle a restreint
l'espace autour du poêle avec des couvertures sus-
pendues à des pôles à rideaux. Elle écrit malgré ses
doigts gourds.

Elle installa un piège dans l'ouverture du plancher
avec un appât de beurre d'arachide. Comme son visi-
teur était plutôt actif la nuit, elle comptait l'attraper
avant l'aube.

Le lendemain, quelque chose remuait à l'intérieur du
piège. Quand elle ouvrit la trappe, elle se rendit compte
que le malin avait déjoué le mécanisme pour laisser à l'in-
térieur une épinglette représentant une salamandre d'ar-
gent, cet animal qui, selon les légendes, avait la faculté de
vivre dans le feu. Pourquoi ce bijou se retrouvait-il dans le
piège? Perplexe, elle tendit et remit la trappe en place.

Frigorifiée, elle n'arrive pas à écrire la suite.
Elle fait tourner l'épinglette entre ses doigts. Elle

se souvient de ce vieux bijou qu'elle portait le jour où elle avait rencontré le père de Moïra. Quelques braises rougeoient encore dans l'âtre. Elle souffle dessus, ajoute du petit bois par dessus, une bûche, surveille les flammes falotes en buvant un reste d'infusion puis, s'endort dans la chaise berçante.

*

Treizième jour
Une bûche. Comment peut-elle dormir comme une bûche, dans une chaise qui craque? Elle ouvre les yeux et voit du feu, plein de flammes dans le poêle. La bonne chaleur.

La bouche pâteuse et les idées figées, elle ne comprend pas comment ce sommeil l'engloutit le jour comme la nuit, comment chaque matin la ramène à la vie comme après la traversée des limbes. Ce sommeil sans songe, sans mouvement, cette tête lourde, comprimée, et ce corps ankylosé qu'il faut réapprivoiser avant de le remettre debout. À croire qu'un coup d'assommoir ou une drogue l'emporte chez Morphée chaque fois.

Elle avale fruits secs et fromage et se rend dans la chambre pour vérifier le piège. Cette fois, au bout d'une chaînette, une breloque en forme de dragon crachant des flammes sonne au fond de la cage.

Ce médaillon, elle l'avait donné à Moïra à son cinquième anniversaire pour qu'il la protège.

Elle cherchait à comprendre : jusqu'à maintenant, l'emprunteur lui avait donné deux clés et des bijoux souvenirs... Il cherchait peut-être à lui rembourser quelque dette. Peut-être s'agissait-il d'un fantôme animé par le repentir? Il avait volé ces clés et ces breloques qu'il lui rapportait après coup. Certains fantômes ont beaucoup à se faire pardonner. Chose certaine : il avait des mains habiles et une conscience tordue.

À partir de ce jour, elle crut que c'était un être de l'éther, une créature élémentaire. Mais les élémentaux vibrent à une telle intensité qu'il est impossible de les voir. Ils échappent à l'œil, comme les ultra-sons sont inaudibles à l'oreille humaine. Elle ne pouvait le voir simplement parce qu'il allait trop vite.

Elle passe la chaîne à son cou en serrant fort le médaillon dans le creux de sa main. Qu'arrivera-t-il à Moïra maintenant qu'elle ne porte plus ce talisman?

*

Elle emmaillote la vieille poupée d'une couverture et la berce. Son enfant. Amour perdu, ne lui laissant que cette douleur au ventre, cette brûlure de larmes aux yeux. Elle était mère et maintenant, plus rien. Les larmes peuvent-elles purger d'une lourde peine? Foutaise! Les larmes sèchent, la peine reste. Le chagrin ne s'oublie pas, on le refoule. Distraction, étourderie, fuite, folie... pourvu qu'on le noie.

*

Seizième jour

Une paire d'yeux l'observe. Secs et fixes. Un regard vitreux, vert, sans cil ni mouvement, un regard d'éternité. Elle pousse un cri d'épouvante suivi d'un éclat de rire. Elle se rend compte qu'elle a dormi nez à nez avec la poupée dont les petits vêtements sentent le savon pour bébé, si doux. Elle la serre fort dans ses bras. Le bout du nez froid mais le corps bien au chaud, elle reste sous l'édredon, à se remémorer la petite enfance de Moïra...

Dans l'après-midi, oubliant toute décence et mue par la rage, elle fouille la chambre de sa fille, vide les tiroirs, retourne le placard, défait le lit. Là, sous les draps, elle retrouve un conte pour enfant : *Rumpelstiltskin*, une histoire que tant de fois elle a lue à Moïra. Elle observe les images, les couleurs. Elle voudrait entrer dans le récit et, à la toute fin, à l'instar de la reine, empêcher que le méchant gnome ne lui vole son enfant.

Elle relève la tête, s'affole. Et si Moïra ne revenait pas... Et si l'hiver durait sans fin. Et si elle ne retrouvait pas le bout de vie qui lui manque... Lutter contre ce mal. Ne pas abandonner. Elle laisse là la poupée, le conte, les boîtes éventrées et sort de la chambre. Moïra reviendra ; elle a laissé un message sur un bout de papier. Plus que quelques jours encore.

Et de plus en plus forte, cette envie de dormir. Dormez, dormez, le bonheur est dans le néant, avait-elle entendu un jour dans un vieux film. Elle ferme les yeux.

Quand le jour tombe, elle allume la lampe. Peur du noir. Là où on ne voit rien, ou pas bien, allez donc savoir les ombres qu'on peut imaginer. Les fenêtres lui renvoient son image comme si elles n'en voulaient pas.

Elle regagne son lit où, saucissonnée sous les couvertures, elle attend. Le mal sera bientôt à l'œuvre.

Il l'épiera par le trou de la serrure. Elle se cache. Et cette ouverture dans le plancher de l'autre chambre? Ces bruits qu'elle entend?

*

Dix-septième jour
Réveil brumeux. Le regard vide, la respiration crépitante, mal au cœur. Elle se lève, une brique dans la tête, une bombe dans le ventre. Avançant lentement, elle gagne la cuisine où, premier réconfort, le poêle respire chaud, la bouilloire chuchote, pleine de cette infusion quotidienne.

Elle n'a pas remarqué à quel point il a fait doux, la vieille. Sous les rayons du soleil, la neige a même fondu sur les toits. Ce matin, il lui faut plisser les yeux lorsqu'elle regarde par la fenêtre. Au bout de l'entrée, le puits fait surface au-dessus de la couche de neige et elle distingue la dalle de béton qui le recouvre. Un détail la frappe : une grosse chaîne rouillée traverse la dalle de part en part. Quelqu'un a enchaîné le couvercle du vieux puits.

Elle place la chaise berçante tout près de l'âtre et s'y laisse tanguer pendant des heures, la poupée dans ses bras. Elle lui parle de temps en temps, caressant ses cheveux en fredonnant. Enveloppée dans l'édredon, elle ouvre l'album *Rumpelstiltskin*, plaçant dans le creux de son bras la poupée en position assise pour qu'elle puisse voir, de ses grands yeux verts, les images.

3

Rumpelstiltskin[1]

VOICI L'HISTOIRE *d'un misérable meunier, de sa fille d'une rare beauté, d'un roi cupide et d'un lutin espiègle.*

Un jour, le roi du pays, en promenade dans le coin, s'arrêta chez le meunier. Voulant impressionner le monarque, celui-ci lui présenta sa fille, vantant des talents qu'elle n'avait pas.

— Ma fille sait transformer la paille en or juste en la filant sur une quenouille.

Le roi, stupéfait mais suspicieux, proposa d'emmener la demoiselle au château et de la mettre à l'épreuve.

Il la conduisit dans une pièce remplie de paille.

— Au travail! ordonna-t-il. Prouve que ton père a dit vrai. File cette paille pour en faire de l'or. Si tu échoues, tu mourras à l'aube.

Il la laissa seule, près d'un simple rouet. La jeune fille ignorait tout des formules et des procédés pour opérer une telle transformation. Sa vie était menacée et, au matin, sûrement on la tuerait. Impuissante, elle s'assit et se mit à pleurer.

Soudain, elle entendit le grincement de la porte. Elle vit un petit homme drôlement vêtu et coiffé d'un chapeau pointu s'avancer vers elle.

— Pourquoi toutes ces larmes, mademoiselle?

---

1. D'après le conte des Frères Grimm.

31

En désarroi, la jeune fille expliqua l'impossible épreuve à laquelle on l'avait soumise.

— Si j'accomplis la tâche, que me donneras-tu en échange? demanda le petit bonhomme.

La fille du meunier retira le collier qu'elle portait et l'offrit au lutin. Il prit le bijou, l'enfouit dans sa poche, empoigna une botte de paille et s'installa au rouet. Il fila une première bobine, puis une deuxième et encore une autre. Au son du rouet, la jeune fille s'endormit. Quand elle ouvrit les yeux, le soleil se levait à peine. Des centaines de bobines sur lesquelles étincelait l'or étaient empilées dans la pièce et... plus un brin de paille. Le lutin avait disparu.

Lorsque le roi fit son entrée, il était au comble de la joie. Il se frotta les mains. Son regard, plein de cupidité, se posa sur la jeune fille. La belle affaire! Il l'invita à le suivre dans une salle plus spacieuse dans laquelle il fit livrer des centaines de ballots de paille. Du plancher au plafond, on ne voyait qu'un amoncellement de fétus. Encore, il mit la fille au défi, la menaçant du terrible sort.

Une fois seule, la pauvre se désola et fondit en larmes. Jamais elle ne parviendrait à relever le défi, jamais elle ne s'en sortirait. Le lutin revint la voir.

— Que mériterai-je, cette fois, si je change la paille en or?

La meunière retira la bague que lui avait donnée sa défunte mère. Elle la tendit au lutin.

— C'est tout ce qui me reste pour sauver ma vie.

Tout heureux, le lutin s'empara de la bague, actionna la grande roue du rouet et se mit à filer. Au matin, l'or brillait partout dans la pièce. Le roi, enchanté mais toujours aussi avare, en voulait plus, toujours davantage. Il entraîna donc la fille dans une salle immense où attendaient des montagnes de paille et il l'obligea à s'exécuter

pendant la nuit. Cette fois, si elle réussissait avant les pre-
mières lueurs de l'aube, il l'épouserait.

La meunière espérait bien que le lutin se présentât
encore et elle attendit un peu. Fidèle au rendez-vous, il
passa la porte et lui demanda quelque chose en échange
du travail colossal qu'il aurait à accomplir.

— Hélas, je n'ai plus rien à offrir, que mes vieux
vêtements...

— Alors, répliqua le lutin, promets-moi de me donner
le premier enfant à naître de ton union avec le roi.

La fille accepta, se disant que d'ici là, il pourrait se
passer bien des choses : le lutin disparaîtrait ou bien il
oublierait. Qui sait?

Tenant sa parole, pour une troisième fois, le lutin fila
toute la paille et la transforma en or. Au matin, les mil-
liers de bobines débordant de fils dorés étaient une splen-
deur à contempler. Le lutin s'était enfui lorsque le roi
apparut.

On célébra les noces en grande pompe et, un an plus
tard, la jeune reine donna naissance à un adorable fils.

Un soir, alors qu'elle déposait l'enfançon au berceau, elle
entendit un bruit dans la chambre. Quand elle se retourna,
elle aperçut le lutin, souriant et sautillant sur place.

— Je suis venu chercher mon dû, Madame.

Avec le temps, la reine, étourdie par la vie de château,
avait complètement oublié le misérable lutin. Épouvantée,
elle prit l'enfant dans ses bras et refusa de le rendre au dia-
blotin. Mais celui-ci insista, lui rappelant la promesse.

Accablée par ce cruel destin, la reine implora, se mit
à gémir puis à pleurer tant et si bien que le lutin fut ému
de ce grand chagrin. Il lui laissa une chance.

— Si, dans trois jours, tu devines mon nom, tu pourras
garder ton enfant. Sinon, il sera à moi.

En ricanant, le lutin s'en retourna d'où il était venu.

Le lendemain matin, la reine appela son messager et le pressa de retracer le nom de tous les habitants de la contrée. À la tombée du jour, le lutin vint lui rendre visite. Elle lui récita tous les noms de la liste rapportée par le messager, mais à chacun, le lutin secouait la tête.

Le deuxième jour, elle demanda à cent messagers de se rendre dans les contrées voisines afin qu'ils récoltent le nom de tous ces gens. Lorsqu'elle en fit l'énumération, toujours, le lutin faisait non de la tête. La reine pensa alors qu'il devait porter un nom inhabituel, jamais entendu. Elle fit quelques autres tentatives.

— Et si tu t'appelais Moustache-de-Souris ? Ou Gigot-d'Agneau ? Ou bien Tranche-de-Bœuf ?

Le lutin éclata de rire.

— Tu ne trouveras jamais...

Lorsqu'arriva le dernier messager au terme du troisième jour, il annonça à la reine qu'il n'avait trouvé aucun autre nom. Par contre, en traversant la forêt au pied de la montagne, il avait vu un drôle de petit bonhomme à chapeau pointu qui dansait autour d'un feu en chantant :

Beau temps, mauvais temps,

Rumpelstilskin n'est pas idiot !

L'aura bientôt son descendant,

Un petit prince, comme cuistot !

À ce nom étrange, le visage de la reine s'éclaircit.

Le soir, le lutin s'approcha d'elle avec un air malicieux.

— Nous voici au terme de notre contrat. Et tu n'as pas trouvé comment je me nomme...

— Ne t'appellerais-tu pas Rumpelstiltskin, par hasard ? répondit la reine.

Le lutin se mit à crier.

— Qui a pu te souffler mon prénom? Quel diable, quel espiègle génie?

Il devint rouge de colère, pirouettant et trépignant sur place, si fort que le sol s'entrouvrit. Il se pencha, attrapa son pied gauche et le tira vers le haut, si haut que son corps se déchira en deux. Le malin s'affala sur le plancher et fut avalé dans la fissure où il disparut à jamais.

Elle s'attarde aux illustrations des dernières pages. Sur celle de gauche, le lutin tombe dans un gouffre sans fond sous un plancher de bois. Près du trou, des éclats de planches et un bonnet. Sur celle de droite, le roi et la reine marchent enlacés dans un jardin où s'émerveille près d'eux un enfant devant d'immenses fleurs blanches. Tous ont le visage attendri. Quelle morale tirer de cette histoire? Le problème du terrible non-dit? Ou plutôt l'idée selon laquelle prononcer le nom d'un diablotin, c'est appeler le mal? Ou encore le conjurer...

La pauvre femme cherchait par tous les moyens à chasser le mystère, à nommer l'inconnu, deviner le nom de la bête qui habitait sa maison? Quel était son nom? Moustache-de-Souris, Gigot-d'Agneau ou Tranche-de-Bœuf? Pour y arriver, il lui faudrait voir au moins une fois ce personnage... entendre sa voix.

Il lui vint une idée saugrenue : lui laisser un cadeau. Que lui donnerait ce mauvais génie contre une histoire de voleur d'enfant?

Et elle laisse tomber le conte *Rumpelstiltskin* dans la fissure.

*

Dix-huitième jour

La même nausée lui lève le cœur chaque matin. Elle se penche sur la bassine mais ne vomit pas. Par peur. Peur de perdre le reste de son essence. En se redressant, elle voit son visage dans le miroir : « Miroir, Ô Miroir, dis-moi qui suis-je ? ». Un visage de folle aléatoire, un corps desséché, une nature morte. Où est sa peau moelleuse, veloutée ? Non, ce reflet n'est pas le sien. Ce miroir lui a ravi son image. Maudit miroir ! Avec la bassine, elle frappe au centre du grand verre où une large étoile se déploie, multipliant les yeux creux et les lèvres pâles. Mieux vaut croire l'imagination plutôt que ce rectangle menteur.

Le soir, elle entendit, dans le craquement de la maison, la plainte des poutres de bois et les détonations des clous qui cassent. Elle savait bien qu'il était là, à se promener.

Le lendemain, elle retrouva le livre dans un piteux état. Dans chaque page, des tas de mots avaient été découpés avec minutie. Le texte ressemblait à une dictée trouée, une passoire à imagination. Pourquoi le petit diable s'était-il acharné à détruire ce conte ? Peut-être qu'il le jugeait, lui aussi, insensé ? Ou bien c'était un code pour communiquer avec elle, une sorte de cryptogramme...

Vingtième jour

Retour du grand froid. Tout fige. Et dire qu'avant, elle se sentait immunisée contre ce mal dont souffrent tant de gens, cette maladie qui vous prend par les pieds, vous fait descendre subrepticement plus bas, toujours plus bas.

Dehors, une tempête secoue les arbres. Jour de neige et de grand vent où ciel et sol se confondent. Un néant blanc. Les pires tempêtes, à l'instar des épreuves de la vie, finissent par s'estomper. Parce que tout doit finir un jour ; l'univers est pris dans un processus où tout s'érode, s'aplanit. Le relief, les sentiments, les passions, les souvenirs, les autres... Pourtant, il n'y a pas si longtemps, de si vives émotions battaient en elle. L'Amour, le grand. Par vagues, elle se souvient d'intenses étreintes, un visage d'homme, un regard bleu, émerveillé. Il lui apparaît dans un éclair puis s'éteint aussitôt. Des bribes de phrases, une voix émue : «Et quelle est cette bonne nouvelle ?» — «Un enfant. Nous aurons un enfant !» Le bonheur au bout des doigts qui effleuraient ses joues. Que lui reste-t-il maintenant ? Elle ne se rappelle même pas son nom. Les mains sur le ventre, elle se met à geindre.

*

Elle tourne les pages du conte *Rumpelstiltskin*, trouées comme sa mémoire.

Elle cherchait à se souvenir des mots disparus sur les pages. Et, même si souvent elle avait lu cette histoire, décoder les trous représentait un exercice trop ardu. Elle persista, voyant là un indice pour découvrir le nom et l'intention de ce petit gobe-mots.

Il lui fallu des heures pour dresser une liste encore partielle des mots absents : Reine, château, pièce, chagrin, paille, or, enfant, vie, homme, étranger, trésor, Moustache-de-Souris, Gigot-d'Agneau, Tranche-de-Bœuf, premier, deuxième, troisième...

Que faire du résultat ? Un autre récit avec ces mots-là ?

Que ne ferait-elle pour tenir le temps jusqu'au retour de Moïra ?

Le garde-manger est vide comme sa tête. Son cerveau, son ventre, tout son corps s'amenuisent de jour en jour. Ses jours d'ermite sont devenus ridicules ; sa vie, minuscule, ses nuits rongent les jours. L'ironie du sort... Son sort ? Le diable s'en fiche et le bon Dieu se ferme les yeux. La folie guette. Ne lui reste qu'un peu d'imagination au secours de ses détresses, pour épouiller sa tête des nombreux cafards qui y fouissent.

Le froid traverse les fenêtres, mais elle n'a plus la force d'entretenir le feu, les bûches lui paraissent démesurées. Il lui reste trois chandelles. Le soir tombé, elle allume la première. Elle cherche. Là, au fond, sous le sofa, elle déniche une boîte oubliée. Dedans, une paire de petites bottines. Si petites ! On aurait peine à imaginer qu'elles puissent être destinées à un humain. Encore neuves avec une douce odeur de cuir. Elle les retourne, les observe, les respire. L'ombre d'un souvenir.

Elle se souvient. Ces bottines ne sont pas à Moïra, mais à un autre enfant. À naître. Elle se revoit offrir la paire de petites chaussures au futur papa pour lui annoncer la bonne nouvelle. L'expression de bonheur transfigurant alors le visage de son amoureux... Son nom lui revient. Maxence. L'amour magnanime. C'était... C'était il n'y a pas si longtemps. À la fin de l'automne.

Les souvenirs déboulent. L'un après l'autre, elle les voit défiler, ceux qu'elle a aimés sont partis sans donner de nouvelles. Et Moïra maintenant ?

Une crampe lui scie l'abdomen. Jusqu'où Moïra est-elle allée ? Qu'a-t-elle fait de ses amours ?

Elle connaissait maintenant, le nom de ce génie. Elle aurait voulu crier son nom, mais personne n'aurait entendu. Elle était désormais seule ; les trois hommes qu'elle avait aimés au cours des dernières années étaient disparus. Par sa faute.

Le pire, quand on cherche la vérité, c'est que parfois, on la trouve.

Faudra-t-il qu'elle éventre les entrailles de la maison pour comprendre ce qui est arrivé ? Demain, Moïra viendra lui expliquer. En attendant, elle veillera pour attraper la vérité, la surprendre quand elle marchera la nuit.

Au bout d'une heure, somnolente, elle pose la tête sur ses bras.

Brusquement, elle ouvre les yeux. Combien de temps a-t-elle dormi ? Elle allume la deuxième chandelle, explore les pièces. Pas de Moïra. Pas même une trace de son odeur. Et cette douleur au ventre alors qu'elle la croyait disparue, comme si de petits ongles griffaient ses entrailles, cherchant à s'y accrocher.

Le noir a envahi la chambre. Elle se love dans le lit et, quand la chandelle meurt, elle devine, à travers les vêtements du placard, la présence du mauvais génie. Quelque chose a bougé. Elle enfouit sa tête sous les couvertures.

Vingt-et-unième jour
Elle écarte les mains après avoir frotté ses yeux. Plus que quelques heures à tuer. Les idées charbon, les

cheveux collés à la nuque, l'œil englué par les sécré-tions nocturnes, elle marche vers la cuisine. Pas de flamme dans le poêle, pas de tisane, pas de panier de nourriture sur la table...

Elle porte les mêmes vêtements depuis des jours ; ils dégagent une odeur âcre sous les aisselles. Elle ne veut pas être crasseuse lorsque Moïra arrivera. Elle doit être propre, forte. Elle allume le feu pour faire chauffer l'eau qu'elle verse dans la cuve. Len-tement, elle se dévêt puis se lave mais, comme un insecte fou, le malin adhère à sa peau, se colle en plaques sur ses cheveux roux, dans son cou, le long de l'échine jusqu'aux reins, s'agrippe à l'aine. Il veut entrer dans ses entrailles, prendre la vie en elle, l'em-porter loin, la faire disparaître dans l'eau sale qui rougit. Les eaux coulent entre ses cuisses. Trop tôt, bien trop tôt ! Comment les en empêcher ? Maladroi-tement, elle s'essuie. Le sang continue de couler sur le plancher. À travers les caillots noirs, une petite masse rosâtre. Et les larmes et les cris... Elle prend la chose et l'enveloppe dans la serviette.

Chancelante, elle s'enroule dans l'édredon, s'as-soit devant la fenêtre où elle attend en se berçant, tenant d'une main la serviette roulée, dans l'autre, le pied de biche, prête à se défendre. Puis, le noir emporte la route. Elle sait maintenant. Elle a perdu son temps à rétrécir ses yeux vers l'horizon stérile. Inutile d'espérer une heure de plus. Mieux vaut la mort qu'une confrontation.

Elle tombe sur le parquet, la douleur lui tord l'abdomen. Les yeux des planches l'observent. Des tranchées lui labourent l'intérieur ; on lui a arraché la vie. Ses doigts tremblent, sa vue s'embrouille.

Elle voudrait n'être qu'une informe langue de brouillard à la recherche d'un creux pour s'abriter, une fissure du plancher où elle attendrait l'interminable nuit. Sa dernière chandelle est morte, le néant emplit la maison.

Un esprit démoniaque a envahi sa moelle pour lui voler le bébé qu'elle portait, à grand coup d'infusions soporifiques et de tisane du diable.

Silence. Par terre, elle reste pelotonnée dans la courtepointe tachée.

*

24 mars

De la mousse verte sur le pain. À côté de l'assiette, un reste de tisane gelée, des pots de confiture ouverts, des galettes grignotées, dures comme des cailloux. Dans l'évier, un empilement d'ustensiles. Sur le plancher, des miettes, encore des miettes, des cheveux, des fibres inutiles. Dans le poêle à bois, le feu est mort depuis trois jours.

La porte tourne sur ses gonds. Des bruits de pas dans l'escalier. Elle devine une silhouette dans l'embrasure. Peut-être deux. Pourquoi laisse-t-on la porte ouverte ? Il fait si froid. Elle perçoit l'odeur de neige neuve sur les bottes. « Moïra, comme tu as de grosses bottes ! » Les chaussures lui semblent démesurées. Elle lève les yeux, voit de gros gants. « Moïra, comme tu as de grandes mains ! » Et ces grandes mains la retournent sur le dos, la secouent doucement, la tâtent partout.

— Rien de fracturé... perdu du sang... déshydratée...

— Moïra, comme tu as une grosse voix!

— Madame, Madame! Vous m'entendez?

— Va-t-en! Méchant loup! Moïra, va-t-en! Me touche pas!

— Je ne suis pas Moïra, Madame... Je suis ambulancier.

Sur le plancher de la chambre, les lèvres bleues, les doigts raidis par la froidure, elle tremble. Qui sont ces gens qui piétinent autour d'elle? Que veulent-ils?

— Où est mon bébé?

Elle tâte, à la recherche de la serviette souillée.

— Nous avons retrouvée Moïra, Madame. Elle va bien. Son état est stable. Nous allons vous emmener avec nous. Restez calme. Bientôt, vous pourrez la voir.

— Non, pas elle!

Ils tentent de la soulever. De ses deux mains, elle s'agrippe au rebord du trou, s'y écorchant les doigts. Elle se débat, geint : «Mon bébé, je veux mon bébé...»

Ils lui maintiennent délicatement les bras et l'emmènent avec eux.

Par terre, une planche manque. Dans l'ouverture, ils aperçoivent un cahier à la couverture blanche et aux pages manuscrites. Ce sera le travail des policiers.

*

On confia l'affaire à l'agent Louis Roy, jeune enquêteur. Une affaire banale au départ : une femme dépressive, enfermée dans sa maison de campagne, qui, tasse sur tasse, avait avalé des infusions somnifères et des décoctions abortives. Elle en avait perdu le fœtus qu'elle portait. Dans le fouillis de la maison, sous un parquet de planches, les ambulanciers avaient retrouvé un cahier écrit à la main qu'on lui avait remis : un texte étrange laissant supposer que la pauvre femme était sujette à des hallucinations.

Mais la conclusion du conte qu'elle avait écrit ouvrait une autre piste : une autre enquête, amorcée celle-là depuis plusieurs mois, portant sur la disparition de trois hommes qui avaient eu affaires à cette femme. L'un, pour un projet de tournage, le second, pour le développement d'une auberge sur sa propriété et le dernier pour lui avoir fait don d'un important héritage. Tous trois disparus. N'avait-elle pas écrit : «*par sa faute*»?

Comme Louis Roy ne pouvait rien tirer de la dame internée dans un l'hôpital psychiatrique, il devait se tourner vers sa fille, Moïra. Leur voisin, Monsieur Saint-Cyr, avait mentionné que cette mère et sa fille étaient inséparables, sauf au cours des dernières semaines alors que Moïra avait trouvé un travail en ville. Pour lui rendre service, ce bon voisin avait accepté de la voyager soir et matin. Malheureusement, par une fin de journée de tempête, la voiture de Saint-Cyr s'était embourbée dans la neige et la jeune fille, trop impatiente de rentrer chez elle, était partie à pied. Visibilité nulle. Sur la route, elle avait été heurtée par un véhicule. Les secours étaient arrivés juste à temps. Pour l'instant, on ne craignait pas pour sa vie, mais il fallait attendre qu'elle soit en état de témoigner.

PARTIE II — NOUS DEUX

4

Moïra Comté

C'ÉTAIT le 27 mars. Le soleil entrait à grandes goulées dans la chambre d'hôpital. Louis s'attendait à voir une malade au teint blafard, aux yeux livides, au moral à plat, geignant sur ses malheurs. Rien de tout cela. Moïra était à demi assise dans le lit, en plein carré de soleil. Il fut d'abord surpris de voir qu'elle dessinait sur une table d'appoint qu'on avait installée au-dessus de son lit. Il fut davantage étonné par son teint, une peau d'albâtre entachée de son, les lèvres sanguines, les yeux verts, vifs. Éblouissante, drapée comme une vierge dans sa grotte, une perle. Et une chevelure de feu. Une fille forte, bien en chair, les muscles de ses bras découpés par les gros travaux. À la fois sauvage, mais avec des mouvements raffinés. Il se présenta à elle en lui serrant la main et lui posa quelques questions. Elle répondit poliment. Il lui expliqua les raisons de sa présence, l'enquête qu'il devait mener les concernant, sa mère et elle. Elle se raidit. Ses beaux grands yeux s'arrondirent. Pourquoi une enquête? Il précisa qu'aucune accusation n'était portée pour l'instant et il en serait ainsi tant que l'investigation ne serait pas totalement close.

— Nous avons besoin de ton témoignage. Ça semble un peu complexe. Si je dis Maurice Taché-

Soucy, Gilles Gaudreault-Naud, Maxence Lebœuf...
Ça te dit quoi?

Il y eut un silence au terme duquel Moïra se détendit et sourit candidement.

— Moustache-de-Souris, Gigot-d'Agneau, Tranche-de-Bœuf... Je connais ces personnages.

Louis demanda si elle acceptait que son témoignage soit enregistré.

— Pourquoi pas, lui dit-elle, ça fera de beaux souvenirs à écouter après, des histoires pour aveugles.

Sous son apparence de sauvagesse, elle avait le ton enjoué, le sourire généreux, de belles manières et la parole facile, comme dans un bon vieux livre.

Il sortit un curieux appareil de sa mallette, le déposa sur la table. Moïra le prit dans ses mains. Il tenait dans la paume. Elle avait déjà vu un truc semblable : le rasoir électrique de Maurice Taché-Soucy. Mais ici, pas de fil, pas de tête arrondie. Le haut était couvert de deux grillages fins. Au centre, sur le devant, un petit écran, comme un téléviseur pour lutins, surmonté du mot ZOOM. En bas, des boutons disposés en un motif cruciforme avec des mots en anglais écrits très fins. Elle remit le bidule à Louis et demanda à quoi cela servait. Louis le plaça doucement debout, sur ses quatre petits pieds de caoutchouc, juste devant Moïra qui regardait le machin avec étonnement. Il entreprit d'en expliquer le fonctionnement, avec ses quatre micros pouvant capter le son sur quatre pistes à la fois, en WAVE ou en MP3. Il lui montra les piles, la carte mémoire, mais s'interrompit, sentant la jeune fille dépassée.

— C'est bien petit pour contenir tout ce que j'ai à vous raconter...

Louis sourit, sortit une dizaine de cartes mémoires en mentionnant qu'une seule d'entre elle pouvait enregistrer huit heures durant.

— J'ai, dans le creux de ma main, tout le temps qu'il nous faut.

Il appuya sur le bouton, précisa la date, le numéro d'enquête et demanda à la jeune fille de s'identifier, de donner sa date de naissance... les questions d'usage. L'appareil enregistra toutes les réponses, pendant deux semaines.

«Je m'appelle Moïra Comté. Née le trois du trois 1993. Oui, un jour porte-bonheur, qu'elle disait, ma mère.

— Quel jour on est?

— Drôle de question. Je n'ai plus souvenir. Attendez... Oui, je sais : nous sommes le vingt-et-unième jour du troisième mois.

— Pas tout à fait. Nous sommes le 27 mars.

— Comment? Le 27 mars! Une semaine! Ça fait une semaine que je suis ici! Savez-vous où est ma mère?

— Ta mère est présentement dans un autre hôpital... spécialisé.

— Ah! Mais qu'est-ce qu'elle fait dans un hôpital? Quel hôpital? Elle est vulnérable, ma mère... comme une toile d'araignée dans le cadre d'une porte.

— Ne t'énerve pas. On m'a assuré que son état était stable. Es-tu fatiguée? As-tu pu te reposer la nuit dernière?

— Oui, j'ai bien dormi. Du jus de seringue plein les veines, aucun rêve sous les paupières. Bien mangé, bien bu, j'empeste le médicament, mais je suis nette. Une dame est venue pour ma toilette du matin. Le docteur m'a appris que j'avais perdu connaissance pendant quelques jours. Commotion cérébrale, il a dit. Il refuse que j'aille voir ma mère. Pas prête, qu'il dit. À cause de ma jambe cassée et l'autre, pleine de bandages sur mon mollet lacéré. Avez-vous vu ma mère? Lui avez-vous parlé?

— Je l'ai vue très brièvement. Disons qu'elle n'est pas en état de recevoir des visites.

— Est-ce qu'elle a mangé, ce matin? Est-ce qu'il fait chaud, à l'hôpital?

— Elle est hors de danger. Bien au chaud. Lorsque les ambulanciers l'ont trouvée chez elle, elle était très faible, très amaigrie, en hypothermie.

— Pauvre maman... Est-ce qu'elle a parlé de moi?

— Elle ne m'a rien dit.

— Quand vous la reverrez, dites-lui que je vais bien... Même si je ne peux pas bouger... Ici, ils me demandent de rester calme. Rester calme! Facile à dire! C'est plein de douleur dedans, comme si mes os étaient passés à la moulinette. Le docteur a dit que, peut-être dans deux semaines, je pourrais voir ma mère. Deux semaines! L'éternité! Je suis certaine qu'elle ne va pas si bien que ça.

— Elle est entre bonnes mains. Pour l'instant, veux-tu répondre à mes questions?

— Vos questions... D'accord, pourvu qu'on me laisse voir ma mère après. Allez-y, je suis parée pour vos questions. Toute la vérité? Rien que la vérité. Quelle vérité?

— Je veux que tu me parles des trois hommes disparus. As-tu une idée de ce qui a pu leur arriver?

— Les trois hommes disparus? On ne soupçonne quand même pas ma mère? C'est bien mal la connaître. Ma mère, c'est la douceur, incapable d'égorger une poule ou de gronder une chèvre. Pas même de couper un ver en deux. Alors, éliminer trois hommes... Mais ce qu'elle a souffert à cause d'eux! Pour vrai. Le mal qu'ils lui ont fait! Elle s'amourachait trop, ma mère, et ils ont failli la tuer à petits feux, je le jure. «Gare à tes impulsions!», qu'elle me disait. Elle me donnait des conseils qu'elle aurait dû suivre. Elle a essayé de les suivre... en choisissant de vivre en marge pour ne plus dépendre de personne. Vivre simplement sur notre fermette, en harmonie avec les saisons. Personne qui nous dérange. Je l'ai aidée au-delà de mes capacités. Pour vrai! Pas juste fait semblant. Pourtant, sans le vouloir, j'ai cassé son rêve. Et regardez dans quel état je me trouve : cassée moi-même. J'espère guérir bientôt et tout réparer.

— Ils sont donc venus chez vous pour un plus ou moins long séjour... Et après, ils sont partis, n'est-ce pas? Les as-tu revus?

— Non, aucun d'eux n'a donné signe de vie. Trois profiteurs, je vous jure. Ce qu'ils voulaient? La fortune, la gloire et la possession... posséder non seulement nos boisés, nos terres avec bâtisses dessus construites, mais aussi nos vies et nos corps. Pour vrai! Alors, ce ne sera pas grosse perte s'ils restent introuvables, ces types. Bon débarras! Si l'un d'eux était resté dans les alentours un jour de plus, il aurait anéanti ma mère et aurait extirpé son essence pour n'en faire qu'un chiffon qu'on oublie dans l'appentis.

— Dans une fissure du plancher de ta chambre, nous avons trouvé ce journal que tenait ta mère. Plutôt étrange, ce qu'elle écrivait au jour le jour. À la fin, elle y parle de trois hommes. Attends, je te lis le dernier passage : *Elle connaissait maintenant, le nom de ce génie. Elle aurait voulu crier son nom, mais personne n'aurait entendu. Elle était désormais seule ; les trois hommes qu'elle avait aimés au cours des dernières années étaient disparus. Par sa faute. Le pire, quand on cherche la vérité, c'est que parfois, on la trouve.* Elle dit bien *par sa faute.* Étais-tu au courant de cette histoire ?

— Oui, bien sûr. Elle écrivait un conte pour moi. L'histoire d'un lutin malicieux qui vivait sous le plancher. Mais elle n'avait pas terminé. Je n'avais pas lu la fin. C'était mon idée, la craque dans le plancher de ma chambre... Bien sûr, ça faisait un bout de temps que je l'avais remarquée. Toute mince au début, elle grinçait plus fort de jour en jour et, à la longue, une planchette bougeait chaque fois qu'on marchait dessus. Par la fente, je pouvais voir les poussières, les perles de colliers qui s'étaient cachées là du temps où je fabriquais des bijoux. Tout un monde en dessous. Plus tard, avec une pince-monseigneur, j'ai réussi à enlever ce bout de planche. Je dissimulais mes trucs dans le trou, puis je replaçais la planche en enfonçant les clous au marteau. Une boîte à surprises et à souvenirs pour ma mère.

«Est-ce à cause de cette histoire de planchette que vous avez cru que ma mère avait des libellules dans la tête? Du conte qu'elle a écrit dans son journal? C'est vous qui errez en tirant pareille conclusion. Ma mère est l'être le plus équilibré que vous pouvez rencontrer. Son imagination lui permet de donner de la cohérence aux événements, d'atteler des idées et des faits incongrus, dans des histoires ahurissantes.

«N'allez pas croire les langues barbouilleuses qui vous diront que j'ai abandonné ma mère, que je suis de la mauvaise graine. Oh non! Même lorsque j'ai dû aller travailler à la ville, je passais tous les soirs à la maison sans qu'elle le sache. J'avais développé des stratégies pour qu'elle ne devine pas que c'était moi. Par jeu. Rien de bien malin : je laissais des rébus, des objets, je faisais jouer de la musique, je subtilisais des trucs, laissais des petites traces. Des espiègleries gentilles. Pour la distraire, mais surtout pour qu'elle puisse forger un nouvel univers qui nous emporterait. Parce que, après le passage des trois messieurs, elle avait cessé d'inventer, de créer. Plus de récits! Moi, je craignais qu'elle sombre dans le puits de la mélancolie et qu'elle s'y noie. Je devais relancer la grande roue à histoires sinon, le naufrage l'attendait. Parce que ma mère, c'est une pensée qui roule sur elle-même... Comment dire? Un rouet qui tourne à grand coup d'allégories, qui entortille à partir de rien. Et elle file des mondes qui se mettent à virevolter, elle tisse des fils pour nous protéger du néant. Oh! J'étais si près du but. Et j'ai eu cet accident bête!

«Mais j'ai, dans la poche de mon manteau, quelque chose pour elle, de quoi la remettre sur pieds. Si on me permet de la voir, je pourrai lui donner ma surprise. Moi seule pourrai la sortir de sa torpeur. Il faut me laisser lui donner cet objet. Pour qu'elle comprenne, pour qu'elle retrouve le fil du récit et son équilibre. Amenez-moi en fauteuil à roulettes. Elle doit savoir la suite.

— Ce n'est pas le moment. Il faudra patienter. Elle n'est pas prête.

— Pourquoi? Pas encore prête?

— Avant, il faudra me raconter... pour les trois hommes.

— Vous voulez savoir autre chose? Très bien, je vais tout vous dire. Pour vrai! Tout ce que je sais, pour vous convaincre que maman n'est pas troublée et moi non plus.

— Ne t'affole pas. Ne crie pas. Là, tu vois, les infirmières s'inquiètent et rappliquent. Je vais devoir partir, mais je reviendrai dans deux jours. Il faut que tu te reposes.

— Quoi! Vous me trouvez trop fébrile? Comment ça, vous partez déjà? On reprend dans deux jours? Pourquoi? Mais non, je ne suis pas agitée, pas fatiguée. J'ai mal aux jambes, mais pas à la langue. Et non, je n'ai pas besoin de repos, je suis en dormance depuis une semaine! Ne partez pas!»

*

«Témoignage de Moïra Comté, 30 mars, recueilli par Louis Roy. Dis-moi, Moïra, pourquoi les gens du village vous appelaient-ils les sorcières?

— Oui... les sorcières... maman m'avait dit. Pourtant, recycler, ce n'est pas sorcier! Est-ce qu'une femme est ensorcelée parce qu'elle ramasse les déchets des autres et les fait trier par sa fille? Tout de même! Qui vous a raconté ça? Les journalistes? L'inspecteur municipal? Ou des langues qui se moquent avant de comprendre? Nous étions des "valoristes". On s'attardait aux déchets et non aux dires des gens qui, souvent, récupèrent les broutilles pour en faire des ragots. Ma mère, elle, croyait que tous les restes d'autrui pouvaient servir à reconstruire. Seuls les humains produisent des déchets sur la planète, qu'elle disait, et de plus en plus, des montagnes infinies, et si on laissait aller, l'héritage légué aux générations futures ne serait constitué que d'un tas d'ordures, des restes humains. Oui, voilà l'une de ses angoisses. Oh! Elle en avait d'autres, mais elle les cachait!

— As-tu remarqué, au cours des derniers mois, des signes de délire, des instants de folie chez ta mère?

— Délire, folie... Voyons donc! Ma mère n'est atteinte d'aucune de ces maladies. Ce n'est pas un mal. Plutôt un bien. Pour vrai. Faites-vous patience et ouvrez vos ouïes avant de juger. À moins qu'on parle de folie d'amour. Ah! Çà! C'est une autre histoire! Souvent, l'amour la frappait, elle s'éprenait éperdument et attrapait la légèreté de cervelle. Elle rêvait d'amours immortelles, comme chez les poètes, et d'un chevalier qui n'aurait de cesse de la servir. Pas d'amours volages. Loin d'elle pareilles intentions! Et elle mettait tous ses œufs dans le même panier et chaque fois, oui, chaque fois, un œuf tombait. Le coup de la vieille chaussette, comme elle disait. Elle devenait le déchet de cet homme-là. Pourtant, après trois reprises, elle aurait dû comprendre. Mais non, même si elle était échaudée, elle tombait chaque fois dans le panneau. Un jour, il m'est venu à penser que c'est pour ça qu'elle avait décidé de m'amener vivre au fond de la campagne. Pas pour m'éviter le système scolaire. Pas parce qu'elle avait peur de la société, de travailler à l'extérieur, qu'elle était une profiteuse ou une paresseuse... Non, non, non ! Elle avait peur... Peur d'elle-même et de ses sentiments. Pauvre petite maman !

— Et ton père là-dedans ? L'as-tu connu ? Déjà vu ?

— Mon père ? Non, jamais. Mais ma mère l'a aimé à la folie. Pour vrai. L'anecdote de leur rencontre, ça, je la connais. Oui. De quoi être médusée ! Après, vous pourrez mieux juger du personnage qu'est ma mère.

« À dix-huit ans, elle occupait un poste de secrétaire dans un centre-ville. Elle se levait tous les matins à la même heure, répétait les mêmes gestes pour se faire une beauté. Elle était fière de sa personne, à cet âge-là. S'exécutait alors le ballet des douze flacons : shampoing, revitalisant, crème pour le corps, pour le visage, fond de teint, mascara, masque cernes, contour pour les yeux, ombre à paupières, fard à joues, désodorisant et une touche de *Larmes d'elfe*, un parfum qui coûtait très cher. Oui, il faut que je vous explique : en ce temps-là, ma mère passait des heures à magasiner toutes sortes de trucs inutiles. Quand elle avait le vague à l'âme, elle achetait un nouveau rouge à lèvres. Quand elle était de belle humeur, une nouvelle ombre à paupière. Si le cafard la guettait, elle achetait une jolie robe, et pour perdre son angoisse, elle courait dans les boutiques et choisissait de nouveaux souliers. Son remède contre peine, solitude, découragement, désœuvrement : acheter.

«Elle agrémentait ses toilettes de bijoux extravagants et accrochait une broche selon le jour et la saison. Tirée à quatre épingles chaque matin. Pourtant, elle n'était ni vedette, ni comédienne, ni cantatrice. Bien au contraire… Un café, un soupir, elle s'assoyait sur une chaise à roulettes dans un petit bureau. Les heures s'étiraient entre l'écran, sa montre et la fenêtre. Tout lui paraissait vide alors que, sur son pupitre, des papiers s'empilaient. Des miettes aplanies comme sa vie. Qui pouvait sentir vibrer la grenade qu'elle avait à la place du cœur? Dans ce bureau, elle n'était que le prolongement d'un clavier, dix doigts aux commandes d'une structure. Elle n'était personne et, avant longtemps, elle ne serait plus qu'une ombre insigne. Ça lui faisait peur.

«Il ne lui manquait pas grand-chose, juste un point capiton qui ferait saillie de temps en temps. Plus les jours passaient, plus la vie l'avalait et plus grand était son désespoir. Une fois, par l'étroite fenêtre, elle a vu passer trois goélands dans le ciel. Elle a tourné la tête, fermé les yeux et formulé un souhait :

Je voudrais m'échapper de la banalité,
Que mes jours se fondent en un conte de fée
Et que ma vie entière s'écoule en intensité.

«Elle faisait souvent des vœux, ma mère. C'est elle qui m'a appris. Voilà. Elle a souhaité que sa vie devienne un conte de fée. D'abord, elle devait choisir un type pour le rôle du prince charmant, un homme qui jouerait divinement les scènes romantiques et qui, surtout, arriverait à tenir un échange épistolaire touffu. Elle a jeté un sort à un beau grand monsieur qu'elle avait croisé sur l'étage où elle travaillait. Un aventurier passionné d'une vingtaine d'années de plus qu'elle. Elle avait été séduite par la maturité, la ferme assurance du monsieur. Il ne lui en fallait pas plus pour inventer un amour démesuré. Mais il n'était que de passage et travaillait dans une ville lointaine, la capitale. Plus tard, elle a su qu'il viendrait à la réception des Fêtes. Une belle chance de l'aborder.

«Elle portait, pour l'événement, une robe carmin, des lèvres vermillon et des souliers rouges en cuir verni : éléments de grand apparat qui lui avaient coûté fort cher, mais cette folie se conjuguait à l'ampleur de son romantique projet. On se fiche des dépenses dans les contes de fée. Sur la robe, elle avait épinglé sa salamandre d'argent. Un hameçon pour amorcer la conversation. Elle avait relevé ses cheveux pour mettre en évidence sa nuque fine, appliqué un maquillage discret sur les yeux pour mieux révéler ses lèvres charnues. Elle avait une belle bouche, des lèvres rondes. Et surtout, elle avait vaporisé son cou de *Larmes d'elfe*, l'irrésistible parfum.

«Dans la grande salle, elle a cherché parmi les collègues déguisés en citadins. Aucune trace du beau monsieur. Sûrement, son travail l'avait retenu jusque tard en fin de journée et il arriverait pour l'ouverture officielle de la soirée. Que serait-ce, une autre petite heure à patienter, à comparer à l'éternité que lui avaient parue les jours précédents? Une heure à discuter avec l'un et l'autre et à faire semblant d'écouter. Souvent, au-dessus des têtes et des épaules, elle lançait des regards vers la porte d'entrée. Elle a murmuré : « Faites qu'il vienne ! »

« Elle est allée au bar acheter un autre cocktail pendant les allocutions. Elle ne savait plus que penser. Pourquoi son galant n'était pas là ? Avait-il été retardé sur la route, un embouteillage, la mauvaise température, un accident ? Et s'il avait été blessé ? Elle s'affolait un peu, mais s'est rassurée en pensant qu'il préférerait arriver pour le souper, évitant la partie protocolaire ennuyante. Elle a commandé un autre verre et répété : « Faites qu'il vienne ! »

« Les discours terminés, on invitait les gens à prendre place pour le souper. Moment de panique ! Avec qui s'asseoir ? Elle s'est sentie ridicule, avec sa robe rouge et ses lèvres assorties, la salamandre que tous ne manquaient pas de remarquer, avec des commentaires idiots, la confondant avec un lézard. Son beau monsieur n'était pas là et plus rien n'avait de sens. Qu'est-ce qu'elle était allée imaginer ? Que d'un simple claquement de doigts, sa vie deviendrait un conte ?

« Il lui fallait souhaiter plus fort, avec une autre formule magique. Faire serment, promettre quelque chose en retour ! Voilà ! Comme dans les contes. Il lui vint à l'idée cette formulation étrange :

Sur l'heure, que vienne l'objet de ma passion
Et je promets de mâter ma compulsion
En renonçant à la société de consommation.

« Quelqu'un a pris doucement son bras en disant : "Il reste deux places à la table du fond. Voulez-vous m'y accompagner, brillante salamandre ?" C'était son sauveur, le prince, le chevalier servant ! Elle a répondu, s'inspirant d'une fable : "Monsieur, *vous êtes le Phœnix des hôtes de ces bois.* Si la salamandre naît dans les flammes et que le phœnix renaît de ses cendres, gare aux étincelles que nous pourrions éveiller !"

« Il a souri, agréablement surpris. "Votre esprit sent bon, votre parfum aussi. J'aime." Tout a fondu en elle. Ah ! Quand elle tombait en amour, ma mère, quel brasier ! La chaleureuse soirée qu'ils ont passée. Elle m'en a parlé souvent. Ils ont fermé la danse puis, il est reparti.

« Deux semaines plus tard, elle a trouvé dans ses courriers électroniques un message, d'une touche habile qui l'a émue. Elle a répondu en choisissant ses mots comme une fiancée, sa bague à diamant, cherchant à relancer le récit qui devenait plus important que la vie.

« Trois mois se sont écoulés ainsi, un flot de courriels, trois cent messages incandescents. Un jour, il a écrit : "J'aimerais que tu sois tout près pour respirer tes *Larmes d'elfe.*" Des heures de route les séparaient et pourtant, il la gardait dans un coin de son cœur, la plus grande et la plus belle place, qu'il lui disait. Illusion, miroir aux alouettes, qu'importe, pourvu que l'histoire dure et berce. Pourquoi vibrer autant à ces romances inventées? Pour ma mère, la question ne se posait pas. Voilà qu'elle existait.

« Ils se sont rencontrés en juin, au château de la vieille capitale. Il l'attendait, debout, adossé aux draperies d'une grande fenêtre. Comme au théâtre. Il l'a étreinte, lui a soufflé des mots tendres à l'oreille, puis ils sont sortis arpenter les rues en se racontant leurs vies. Il faisait beau. Elle s'est accrochée à son bras, flottant sans toucher terre.

« Au cours de cet après-midi-là, elle était tellement emportée qu'elle a manqué à son serment et n'a pu résister au plaisir d'acheter et d'offrir un bijou. Devant la boutique d'un orfèvre, elle a été séduite par un médaillon au motif de dragon qu'elle s'est procuré pendant que son beau monsieur était dans le commerce d'à côté pour choisir un vin mousseux. Elle a pris une sorte de pari avec elle-même : si elle réussissait à passer la nuit avec lui, le lendemain, elle lui offrirait ce cadeau avec un poème de sa composition.

« Au matin, elle lui a passé la chaînette au cou et lui a remis le poème que je connais par cœur.

L'époque médiévale vit-elle périr
Tous les dragons dont le souffle crachait le feu,
Au cœur brûlant, tisons ardents et peau de cuir
Symbole même de nos désirs impétueux.

Voici cette fabuleuse créature qui, par son pouvoir,
Saura garder ton âme au creux de mes passions
Loin des autres et de leurs éteignoirs
Et du sentier que dicte la raison.

Pour te protéger des morts-vivants
Et que notre avenir devienne éternité
Toujours sur toi il faudra porter
Ce dragon aux yeux d'argent.

« Il a lu, a replié la feuille avec un sourire désolé et a embrassé ma mère pour mieux cacher son malaise. Plus tard, au petit déjeuner, il ne répondait qu'évasivement à ses questions. Quel effet avait provoqué sur lui le dragon d'argent ?

« Ils se sont quittés après le repas avec la promesse de s'écrire. Ma mère a tenu parole et a écrit un premier, un deuxième puis un troisième message sans obtenir de réponse. Elle a tenté de le joindre au téléphone, à son travail. Impossible.

« Trois semaines plus tard, elle recevait un petit paquet : l'écrin contenant la chaîne et le dragon d'argent avec une lettre écrite à la main. Son beau prince jugeait préférable de ne plus la revoir. Non, il ne pourrait quitter femme, enfants et emploi pour unir sa vie à la sienne. Il ne lui écrirait plus et avait détruit tous les fichiers de leur correspondance. Elle devrait faire de même. Trop risqué, trop hasardeux. Par de nombreux arguments, il tentait de la convaincre. Il terminait ainsi : « Conserve le dragon pour quelqu'un d'autre. Je ne le mérite pas. »

« Après sa grande exaltation, dans sa volonté de suivre les pas gracieux du sublime, de fuir la platitude et l'anodin, ma mère venait de trébucher sur la duperie. Terminé, le ravissement ! Sa bulle s'était piquée à la pointe d'une terrible quenouille et, du coup, son univers avait explosé. Le héros de son roman était un faux chevalier, un homme sans parole. "Méfie-toi, ma fille, du grand sentiment qui brouille tout. On tombe toutes, un jour ou l'autre, dans cette trappe", qu'elle me disait.

« Quand même, quelle injustice ! La jeune fille exaltée qu'elle était devait se contenter d'un souper au restaurant, d'une soirée suivie d'une courte nuit. Mais qui sait ce qui peut émerger de restants de table... ou de lit ? Ce petit reste, cette petite chose née des cendres de l'amour deviendrait le centre de ses jours et son moulin à histoires : moi, sa petite Moïra.

« À ce moment précis s'est entrouverte la fissure par laquelle sa montgolfière, au lieu de s'écraser au sol, a repris un voyage à l'envers. Mon père avait disparu, mais heureusement, j'étais là désormais. Et voilà pour mon père.

— C'est une histoire que ta mère a embellie, un beau conte, mais où est la part de vérité dans ces propos ? Comment départir le vrai du faux ?

— Des mots, des mots, c'est tout ce que j'ai, c'est tout ce que vous aurez sur votre enregistrement. À vous de choisir de croire ou non. Comme dans les livres.

— Ça me paraît un peu confus, Moïra. Comment faire le lien avec ce que tu me racontes là et la disparition des trois bonhommes ?

— Ah ! Alors, allons-y dans l'ordre, un récit divisé en trois parties, chacune d'elle subdivisée à son tour en multiple de trois, un beau discours rhétorique. Parce que, vous savez, même si je ne suis pas allée à l'école, j'en ai lu, des livres de littérature, d'art du discours, de textes argumentatifs... Pour vrai ! De l'éloquence, j'en ai à revendre. Mais ce que je préfère, ce sont les contes. Vous aimez les contes, vous aussi ? Je vais m'appliquer pour bien raconter, garder votre oreille captive, tout au long de cette histoire surprenante et savoureuse, à raconter plus tard à vos enfants. Mais après, dans deux semaines, vous me laisserez voir ma mère. Promettez.

— Oh ! Déjà 15 h ! Je n'ai pas vu passer le temps, Moïra. Et je crois qu'on vient te chercher pour un examen.

— Quoi ? Encore une radiographie ! C'est interminable ! Tous les os de mon squelette vont être passés au peigne fin... Monsieur Roy, reviendrez-vous demain ?

— As-tu du temps à vendre ? J'en achèterais deux caisses.

— Non, mais j'ai, chez moi, de vieilles montres qui se sont arrêtées. »

5

La mère kangourou

« TÉMOIGNAGE de Moïra Comté, 31 mars...
Voilà! C'est parti! Ça enregistre. Il a fallu
que j'annule d'autres rendez-vous pour te voir,
aujourd'hui. J'espère ne pas être trop en retard...

— Je l'avais pressenti. Vous êtes arrivé juste au
moment où je l'avais souhaité : "Faites que Louis
arrive quand le soleil touchera mon lit." Et là,
regardez la lumière sur la couverture. Vous êtes à
l'heure prévue, peut-être même un peu en avance?
J'aime bien votre costume. Et vous sentez bon.
Approchez. Ah oui! Vraiment! Meilleur que le
docteur!

— Bon, où en étions-nous? Ah oui. Hier, tu m'as
parlé de ton père. Maintenant, j'aimerais que tu m'en
dises plus sur ta mère. Quel type de femme c'était?
Que faisiez-vous de vos journées? Comment était la
vie de famille? As-tu des frères, des sœurs?

— Ma mère et moi? Vraiment? Ça vous sur-
prend, toutes ces années passées ensemble? Quel
type de femme? Pareille à personne. Notre vie de
famille? Ni frère, ni sœur. Un solo pour deux. Comment vous expliquer...

— Tiens, commence par ta petite enfance.

— Très bien. On en parlait souvent, maman et
moi. Après ma naissance, comme j'étais minuscule,

ma mère me portait inlassablement dans ses bras. Pas besoin de carrosse ni de berceau, je dormais avec elle, dans son lit. À trois mois, j'avais pris du poids et elle me plaçait dans un sac ventral, toujours collée à elle, que ce soit pour la cuisine, les courses, les menus travaux comme les gros... Au bout de six mois, j'étais encore plus lourde et il lui fallait me porter sur sa hanche.

« Un problème survint lorsque le congé de maternité prit fin. Retour au travail, se séparer de son bébé, me quitter pendant plus de huit heures chaque fois. Ça lui déchirait l'âme. Après deux semaines, elle remit sa démission.

« Petit à petit, le téléphone se fit plus silencieux et les collègues espacèrent les visites. Sans doute était-ce mieux ainsi puisque les sonneries, à toute heure du jour ou de la soirée, dérangeaient nos horaires.

« Je n'ai pas eu à me traîner ou à marcher à quatre pattes sur le plancher râpeux. Ma mère me portait d'un endroit à l'autre et, du haut de ses épaules, j'observais l'univers. Je n'ai appris à marcher que vers l'âge de trois ans et encore, c'était en tenant la main de ma mère. Nous étions liées d'un invisible fil.

« Mes cinq premières années se sont écoulées dans les berceuses, la mousse aux fraises et le lait chaud. À cinq ans, j'allais déjà à la taille de ma mère et lui ai dit : "Maman, comme tu as rétréci!"

« En juin, cette année-là, une représentante de la commission scolaire a téléphoné à la maison. Il fallait m'inscrire à la maternelle. "Pourquoi?" demanda ma mère. "Parce que tous les enfants doivent aller à l'école. C'est la loi." "Mais pourquoi?"

"Pour apprendre à lire, à écrire et à compter, entre autres choses." répondit la dame.

« À la fin de l'été, maman manqua une autre fois à son serment : elle acheta de beaux vêtements, des souliers noirs brillants, un sac d'école, une boîte à collation, des crayons de couleur et un étui qui sentait bon. Là, vous devinez que la suite sent l'échec.

« Le premier jour de maternelle, l'autobus m'avala et ma mère resta au bord de la route, comme la veuve d'un marin perdu en mer. Il lui fallait attendre mon retour. Elle passa la première heure sans bouger, sur la galerie, le ventre rempli de nœuds. Puis, elle se leva d'un trait. La récréation était à 10 h. Elle avait le temps de se rendre à l'école, juste pour me voir un instant, me sourire sans être vue. À cette seule pensée, elle perdit son nœud de gorge.

« La partie de la cour destinée aux enfants de la maternelle était clôturée et, le long de la rue, bordée d'une haie de cèdres. Elle se faufila entre les arbres et me repéra bien vite au milieu d'un groupe de fillettes. Nous faisions des rondes en chantant. Je riais et courais de plus en plus fort même si ma mère me l'avait interdit. Elle craignait que je ne perde l'équilibre lorsque j'allais trop vite. Mais, tout énervée de jouer avec d'autres petites filles, j'avais oublié les consignes. Je suis tombée sur le gravier.

« Ma mère, qui observait de loin, ne sut pas si c'était une autre enfant qui m'avait bousculée ou bien si j'avais perdu pied. Je m'étais relevée sans pleurer, étonnée de voir couler un liquide rouge sur mes genoux. Jamais je ne m'étais blessée auparavant et je ne comprenais pas. Je n'avais pas mal, mais la peau sur mes genoux s'était développée et on pouvait voir la chair dessous. Ce phénomène me rappelait quand on blanchit les tomates et que leur peau pèle pour laisser paraître une chair rouge parcourue de veinules. En disant ça à mes amies, elles ont éclaté de rire.

« Les fillettes ont été bien surprises de voir surgir ma mère d'on ne sait où qui m'a soulevée de terre pour se diriger illico vers le bureau du directeur. "Je la ramène tout de suite à la maison!" qu'elle a dit sur un ton fâché. Le directeur s'y objecta et, doucement, tenta de la rassurer : il n'y avait pas d'inquiétude à avoir, l'infirmière prendrait soin des petits bobos, c'était chose courante. Elle ne devait pas s'en faire. Personne ici n'en voulait à sa fille, c'était un accident.

« Il était poli, posé et voulait à tout prix réconforter ma mère aux abois. Il lui offrit un café, un jus, de l'eau. Il était prêt à discuter calmement avec elle une fois que je serais retournée en classe. Elle se détendit, lâcha ma main devenue blanche.

« Le directeur sourit. Il était très beau, ce directeur, et distingué, et éloquent. Il s'est tourné vers moi : "Mademoiselle, votre mère est une femme très sensible. Honorable. Elle témoigne d'un amour grandiose envers vous. J'en suis presque jaloux." Ma mère fut si touchée par cette remarque qu'elle rougit en baissant les yeux, perdant tous ses moyens, tombant sous le charme. Au même moment, je lui ai montré mes genoux sanguinolents, dégoulinant sur mes bas, et, du coup, elle a retrouvé son sang-froid pendant que le directeur continuait son beau discours. Au reste, selon lui, il était préférable pour moi de rester à l'école pour l'apprentissage de la vie en société, sous tous ses aspects, ses contraintes. L'éducation, à l'école, ne se limitait pas à lire, à compter et à écrire...

«Évidemment, lui répondit ma mère enflammée. Les élèves y apprenaient aussi le rejet, la méchanceté, le jugement téméraire, la condamnation, l'injustice humaine, la médisance, l'hypocrisie, les railleries, les comportements de moutons. Ils s'y faisaient moudre le caractère pour le voir être comprimé dans un moule, copie conforme pour tous, l'esclavage puis l'abandon. Le quotient, le reste ou la différence, le produit, les cons, la somme : produire des consommateurs pour que roule la société marchande. Voilà ce qu'elle en pensait, de l'école. Voilà ce qu'elle lui avait dit. Ce fut la seule fois où elle réussit à briser un coup de foudre.

«La semaine suivante, elle transmit au directeur un certificat médical trafiqué déclarant sa fille malade : leucémie. Je ferais mes classes à la maison.

«Son projet était mûr : abandonner l'appartement de la ville, les charmes et les parfums, vendre les meubles et l'inutile pour partir dans la vieille maison de campagne, héritage des grands-parents. Aller avec moi au bord du monde. Là où nous pourrions tout réinventer à même les restes des autres. Là où elle respecterait son serment de ne plus rien acheter.

«Nous sommes parties avec nos malles, la vaisselle, des caisses et des caisses de livres et nos habitudes étranges pour mener une vie tout aussi étrange dans un monde isolé. "Elles ne tiendront pas trois semaines!" disaient les gens. J'ai même entendu les

déménageurs parler de ma mère. Ils l'appelaient :
"L'échappée des petites maisons..."

— Sais-tu ce que signifie cette expression,
Moïra ?

— Que ma mère l'avait échappé belle grâce aux
petites maisons que nous allions habiter.

— Mais non. Une femme échappée des petites
maisons... c'est une folle en liberté.

— Ah ! La liberté. Oui. C'est une belle folie. Mais
je me rappelle très bien de l'incrédulité et du mépris
des camionneurs. Ma mère a dû sentir mon inquiétude et elle m'a raconté, pendant le voyage, l'histoire des petites maisons où nous allions... Pourquoi souriez-vous, Monsieur Roy ?

— Je souris en imaginant votre équipée. Quelle
folle aventure !

— Évidemment, c'était une drôle d'idée de
partir ainsi en marge. Mais attendez de connaître
la suite.

— Je devrai attendre à demain... Il faut déjà que
je parte.

— Demain, j'essaierai de vous faire sourire
encore. »

6

Les petites maisons

« TÉMOIGNAGE de Moïra Comté, 1er avril, recueilli par Louis Roy. C'est bien là, aux petites maisons, comme tu dis, que vous avez rencontré les trois hommes disparus?

— Oui, oui, ces trois hommes, ils se sont présentés chez nous, mais à tour de rôle.

— Pour quel motif? Ta mère les avait-elle invités?

— Non, elle n'y est pour rien. C'était ma faute. Mais avant de vous dire pourquoi, je dois vous parler du lieu, là où nous avons déménagé, parce que de cet univers découle tout le reste.

— À qui appartenait cette propriété?

— À mes arrière-grands-parents, jadis. C'était une charmante maison perchée au-dessus d'une vallée boisée. Notre maison, c'était la plus belle. Toujours souriante, chaleureuse, elle était bien coiffée, avec ses cheveux verts, les deux versants bien égaux, séparés par une crête toute droite et agrémentée de lucarnes qui lui faisaient des petits chignons. Sa coquetterie n'enlevait rien à sa grandeur d'âme. En passant la porte, je lui disais toujours "Bonjour Maison!" Elle avait ses sons à elle, des craquements, des soupirs, des gémissements dans la cheminée, des vibrations dans les vieux tuyaux... Il me suffisait de coller l'oreille.

«Autour d'elle, la maison à miel, la cabane à sucre, la remise à bois, la bergerie, l'appentis et la bécosse formaient une ronde de petites maisons, un village miniature, et j'imaginais des habitants et leur vie dans chacun de ces jolis logis.

«Par ses lucarnes ouvertes, la maison regardait les montagnes et, derrière ces sommets, d'autres montagnes encore. Près de la descente caillouteuse qui menait au fond de la vallée, ses fenêtres voyaient couler la source aux Sorcières. C'est là que nous allions chercher l'eau quand la pompe faisait défaut. À l'arrière, par son regard profond de soupirail, elle explorait, la nuit, les couches souterraines jusqu'au fond de l'ancien puits où dormaient les fantômes, puis elle tournait ses lucarnes vers l'obscurité longue et bleue, piquée d'étoiles en haut et de chants doux qui montent des marais.

«Le matin, elle surveillait la rangée de pommetiers et l'immense jardin et, au-delà, la colline peuplée d'érables, la cabane à sucre pleine de toiles d'araignées et de souris. Cette cabane prenait le relais et, à son tour, contemplait par son unique fenêtre, le paysage du côté du soleil couchant : la vaste plaine où le chemin de campagne s'étirait entre les rares maisons et fermes voisines. Le règne sans fin du vert l'été, du blanc, l'hiver.

«Et chaque jour, la maison regardait ma mère. Ma mère qui, dans le potager, métamorphosait les petites graines en paniers de légumes. Ma mère, minuscule sur l'horizon, qui grattait la terre, pelletait, chantait en poussant la brouette et travaillait dans les secrets de la vallée. Ma mère, géante quand elle se lançait dans ses histoires. Ma mère, cette longue femme, farouchement belle, aux yeux démesurés et à la peau si chaude… Celle que les fées ne pourraient nommer, celle qui s'y entend en mystère et magie, qui m'emmenait dans l'aube et me faisait découvrir le grand silence des prés rempli des vibrations, de créatures qui soupirent, de l'invisiblement petit qui crépite en ignorant qu'il fait du bruit. La rumeur minuscule qu'on écoute, couché dans le foin. Elle m'a enseigné tant de choses, ma mère.

«Cet été-là, nous avons commencé les séances de magie près du puits. Elle m'a appris à changer l'herbe en or grâce à une formule particulière. Au bout de grands efforts pour ouvrir le puits, elle a déplacé la lourde dalle qui poussait des gémissements atroces à faire fuir les cloportes et les mille-pattes et à me donner un frisson. Ensuite, près de la rivière, elle a cueilli une gerbe de pigamon qu'elle a plongée dans l'eau froide en prononçant une formule : "Ô puits enchanté ! Fais-nous voir encore les pouvoirs de tes flots. Change cette paille en or et je protégerai tes eaux." Et le miracle s'est produit : de jolis reflets dorés et argentés miroitaient sur l'envers des feuillages de pigamon. Puis, elle a refermé lentement le couvercle de béton sur le gouffre redevenu noir et muet.

«Jamais je n'ai oublié la formule qui permet de changer la paille en or. Je l'ai même utilisée quelques fois.

«Mes arrière-grands-parents avaient longtemps habité cette propriété. Ils y cultivaient des légumes, des fruits et avaient été tour à tour producteurs maraîchers, de sirop d'érable, de miel et d'œufs. Mon grand-père était un touche-à-tout et surtout, un garde-tout : les nombreux équipements s'entassaient encore partout, un peu délabrés ou envahis par les herbes, les arbustes, la rouille et la mousse. Tout autant de merveilles.

« Dans la maison, de grandes fenêtres donnaient vers l'est et, dès que le soleil était debout, il s'y engouffrait à grosses gorgées. Avec mes mains, je faisais danser des ombres sur le plancher et les murs. Quand ma mère retira les draps qu'il y avait sur les meubles, des milliers de petites choses se sont mises à voler. Ma mère connaissait ces parcelles lumineuses : des fées protectrices. Elles avaient surveillé la maison et son contenu pendant la dormance. Ma mère me montra, dans un livre de contes, une femme minuscule aux ailes de libellules. Ces bienfaitrices, me raconta-t-elle, s'infiltraient partout dans les maisons pour veiller à ce que rien ne soit brisé. Elles chassaient les lutins domestiques qui, eux, se faisaient un malin plaisir à saccager les objets des résidents. Il était impossible d'attraper les petites fées, mais moi, je tournoyais dans la lumière avec elles.

« Sur tous les murs, ma mère avait disposé des tablettes, du plancher au plafond, parce que chez nous, il y avait des livres, des milliers de livres. Nous les avons placés un à un pendant trois jours. Ils formaient une muraille pour nous protéger. De quoi ? Mais des autres, du monde extérieur, un monde où nous n'étions plus. Aussi, pour nous cuirasser contre le froid, parce que les livres formaient une couche isolant les murs.

«Je me souviens très bien du Jour I de notre nouvelle vie. Ma mère a placé ses deux mains sur mes joues et a prononcé, comme une formule magique : "Loin de la folie des hommes, notre nouvel univers sera habité de créatures fantastiques, dans les moindres recoins, sous les écorces et les roches, dans les creux et les cavernes... Tout y sera si merveilleux que les fées elles-mêmes envieront nos jours."

«Pendant qu'elle s'affairait au ménage de la maison et que les catalognes propres séchaient sur la corde, je suis sortie pour explorer et jouer avec ma balle dorée. Il y avait tellement d'espace... je pouvais la lancer loin, loin. Elle a fait un grand lobe, est tombée sur l'herbe, a roulé puis, elle a disparu. J'ai couru pour la retrouver. Ma balle était tombée dans un trou pas plus large qu'un panier de tomates, trop étroit pour pouvoir y passer la tête, mais juste assez large pour y perdre le pied. Je me suis penchée pour voir à l'intérieur. En tombant, ma balle avait défoncé la toile d'araignée accrochée tout autour, un faux filet de dernière chance pour empêcher les insectes de sombrer à jamais dans l'oubli, mais pas dans le ventre de l'immense araignée gardienne du trou. Avec une brindille, j'ai retiré les filaments collants où flottaient les derniers cadavres de bestioles. J'ai enfoncé la main, puis l'avant-bras, ensuite le bras jusqu'à l'épaule. Enfin, accroupie sur le sol, la tête couchée sur l'herbe, j'ai avancé les doigts dans les ténèbres, agitant le bras pour pouvoir toucher quelque chose, le cœur oscillant entre la peur et l'espérance. Seulement du vide. Comment ce trou avait-il poussé là ? J'ai demandé à maman. Elle a dit : "Prends un caillou au bord de la route et laisse-le tomber, puis écoute bien. Si tu entends le bruit qu'il fait en touchant le fond, c'est un trou ordinaire. Sinon... le néant nous menace."

«J'ai tendu l'oreille et compté. Un, deux, trois... À vingt, je me suis arrêtée. Ce devait être très, très creux. J'ai eu peur. Peur que quelqu'un ne tombe dedans, ne s'y casse la jambe, que les écureuils et les crapauds distraits n'y soient emportés. J'en ai parlé à l'heure du souper. Ma mère a proposé une solution : placer un grand caillou plat sur l'ouverture.

«Le lendemain, j'ai marché puis sauté dessus : très solide, le caillou. J'étais soulagée mais en même temps, cette trappe exerçait sur moi une telle fascination ! Au-delà de la pierre, quelque chose m'appelait, une attraction plus forte que celle du soleil sur la terre.

«Souvent, je m'approchais pour soulever la dalle. Les cloportes et les fourmis s'affolaient et disparaissaient dans les forêts d'herbe. Et alors, le trou voulait m'aspirer. Ma mère me demandait si j'entendais quelque chose. J'écoutais, longtemps... Je devinais un univers immense sous mes pieds. Un matin, j'y ai entendu un bruit, comme l'écho d'une balle qui rebondit. Qui pouvait bien jouer là-dessous avec ma balle ? Ma mère me raconta.

«D'abord, ce fut la princesse grenouille qui s'amusait à la balle au mur, au fond de la caverne où elle était prisonnière. Le bruit réveilla bientôt un Minotaure grognon qui, courant et soufflant dans les labyrinthes infinis, fit fuir la grenouille, prit la balle et la piqua sur l'une de ses cornes comme un trophée. Une semaine plus tard, trois squelettes lassés de

76

l'éternité, chipèrent la balle du Minotaure pendant son sommeil et l'emportèrent dans les catacombes pour jouer aux osselets. Quelques jours plus tard, jaloux de ces trois larges sourires, un monstre misanthrope vola la balle et, à l'aide d'un bout de ficelle et d'une branche, s'en fit un bilboquet que lui ravirent bientôt des gnomes avides de jeux. Après un certain temps, mille querelles éclatèrent pour savoir à qui était le tour. À la fin de l'automne, exaspérés par ces guerres, des fantômes vaporeux enlevèrent la balle et l'enfouirent au fond de leur tombeau.

« Tous ces êtres qui habitaient le trou emplissaient ma vie et, la nuit, me poursuivaient en rêve. Je les épiais tous les jours, prenant soin chaque fois de bien remettre en place la lourde pierre.

« Le même été, après une forte pluie, je me rendis compte que la surface du sol s'était affaissée autour du trou dont l'ouverture s'était agrandie. Pire, la pierre protectrice y avait été engloutie. J'en ai parlé à ma mère. Le lendemain, elle avait placé une dalle de béton, plus large et plus lourde que la précédente, sur le trou et me raconta que maintenant, les monstres, gnomes, esprits, princesses étaient tous partis. Personne n'habitait plus le trou. Il était devenu le néant des fosses abyssales, celles qui mangent les continents. C'était maintenant un trou noir qui absorbait matière, lumière et vie. Bientôt, notre belle et gentille maison y sombrerait, puis viendrait le tour de celle des voisins. Ça s'est déjà vu, des crevasses qui s'ouvrent pour avaler les maisons. C'était terrible ! À moins de conjurer le sort, me dit alors ma mère en souriant.

«Nous étions investies d'une grande mission : remplir le trou. Pour y arriver, ma mère m'avait expliqué qu'il fallait des incantations spéciales, des rituels, du temps et surtout, beaucoup, beaucoup de cailloux.

«Nous choisissions neuf roches par jour, pas trop petites, mais pas trop lourdes non plus afin de pouvoir les transporter dans la brouette. Ma mère soulevait la dalle et récitait des formules magiques en lançant les roches dans l'abîme.

«Au trente-troisième jour, nous avions réussi. Le vide était comblé et nous avons dansé. Le voisin, Monsieur Saint-Cyr, qui nous voyait faire, s'approcha : "Mais qu'est-ce que vous faites là, tous les jours, à jeter des affaires dans ce trou?"

«Je lui ai expliqué avec tout mon sérieux : ce vide était plein d'histoires. Je lui ai raconté la disparition des différentes créatures qui l'avaient habité, puis la menace du néant qui aurait bientôt avalé notre maison et tout le voisinage. Mais qu'à force de travail, de patience et de formules magiques, ma mère et moi étions parvenues à conjurer le sort.

«Le voisin a ri. J'étais insultée. Entre la surprise et la consternation, il a regardé ma mère et a parlé de sornettes, que ce trou n'était qu'une vielle fosse septique. Moi, j'ai vite compris qu'il n'était pas mieux lui-même qu'un tas de... mauvaises intentions. Je me suis retenue de lui jeter un sort.

«Morale de l'histoire : les hommes sont des rabat-joie. Tiens, vous souriez encore, Monsieur Roy. Bon... C'est vrai... Pas tous les hommes, je sais. Vous, par exemple, quand vous souriez, vous ne rabattez pas la joie.

— Sourire à tes histoires est plutôt facile. Mais comme autre morale, dis-moi, la balle d'or... L'as-tu retrouvée un jour?

— Non, mais nous avions réussi notre mission : nous avions comblé le néant. Grâce aux histoires de maman. Pour vous dire à quel point nous étions bien, en ces lieux, ma mère et moi, avec tous les contes qui grandissaient là. J'ai fait serment : malheur à quiconque viendrait briser l'enchantement! Est-ce que vous allez m'accuser et m'emprisonner pour ça? Pourquoi vous me faites signe? Ah non! L'heure est déjà terminée... Les aiguilles de votre montre sont folles.

— Le temps file trop vite quand tu racontes tes histoires. Demain, peut-être que tu auras le temps de me parler des trois hommes...»

7

Le travail et la fourmi

« Témoignage de Moïra Comté, 2 avril. Bon, venons-y. À quel moment s'est présenté le premier homme ?

— Plus tard... Beaucoup plus tard. Mais avant de vous raconter ces malheurs, je dois vous expliquer quelle était la quête que ma mère et moi voulions accomplir aux petites maisons.

« Au cours de ce premier été, tous les matins, ma mère nouait mes cheveux, puis les siens et relevait ses manches : elle besognait. Moi, je la suivais partout, comme une gentille mouche. Bien sûr, je l'aidais tout le jour, mais c'était surtout pour écouter ses formidables histoires. Elle racontait tout le temps, ma mère. Tout. Le moindre événement devenait un conte.

« Les lundis, on cueillait des fruits et des légumes, le mardi, des herbes, des céréales, le miel, selon le mois de l'été, le mercredi, on faisait du pain et des brioches, le jeudi, on cueillait des baies et des champignons, le soir était consacré à la lessive, le vendredi, aux conserves, le samedi, on ramassait du bois mort qu'on coupait et cordait dans la remise. Et qui oserait parler de paresse, avec un horaire pareil ?

« Il y avait un moment sacré, après le souper, où elle m'apprenait à lire. Elle utilisait de vieux

journaux, y découpait les gros titres qu'elle fraction-
nait en mots. Elle les engluait de colle à farine sur
l'arrière pour les poser sur des petits cartons : les
étiquettes-mots. Sur l'envers, je dessinais et colo-
riais l'objet représenté. S'ensuivait un jeu de devi-
nettes et de construction de bouts de phrases, puis
de phrases complètes et finalement, de jolies histoires. J'adorais les étiquettes-mots, mais pas l'écriture. Je n'ai jamais voulu écrire pour vrai. Quel ennui !
Des lettres par ci, par là, ça peut aller, mais repro-
duire les bâtons et les courbes en suivant l'exemple,
pour n'obtenir à la fin qu'un enchevêtrement de
lignes et de points ! Pouah ! Je préférais les rébus.
C'est bien plus beau. Je vous en dessinerai, promis.
Vous allez beaucoup aimer... Dès que j'ai su lire, je
me suis mise à la recherche de mots dans les journaux que je trouais de toutes parts. Bien vite, je
me suis rendue compte que les journaux ne racon-
taient que de terribles choses. Valait mieux fabriquer mes propres histoires qui finissaient toujours
bien. Je rangeais mes étiquettes dans un cruchon :
ma confiture de mots. J'avais inventé un jeu : je
sortais du pot des mots pigés au hasard et je devais
construire un récit à partir de ces mots-là. Interdit
de laisser des vides.

« Ma journée préférée était le dimanche. Le soir,
à la brunante, maman m'embarquait dans la vieille
brouette et nous partions à la chasse aux trésors.
Ce jour précis de la semaine, tous les voisins pla-
çaient de gros contenants à roulettes en bordure de
chemin. Maman soulevait les couvercles et elle en
sortait tantôt des vêtements, tantôt des bouteilles
vides, tantôt des cruchons et des ustensiles, des

outils, des chaudrons, des boîtes de conserves, des journaux, des bouts de crayons... Ces rebuts devenaient nos choux gras, comme elle disait. Je déposais nos trouvailles dans la brouette et nous allions ainsi, de maison en maison.

« De retour, on faisait le tri, on nettoyait, on rangeait dans l'appentis ou dans les armoires de la cave. On décousait pour coudre d'autres choses, on bricolait, on réparait, on emmagasinait des réserves. Tout devenait utile. Je m'occupais des petits débris que je plaçais dans des boîtes ou des cruchons identifiées d'étiquettes-mots : bâtonnets de sucettes glacées, boutons, timbres-poste, bouchons de liège, ficelles et lacets, bouts de chandelles, attaches de métal, clous, vis, écrous, perles à colliers... Toujours, je découpais les lettres et les mots dans les journaux. Toutes ces choses servaient à en fabriquer d'autres et, une fois remises à neuf, on les échangeait avec les voisins ou les gens du village contre des produits que nous ne pouvions trouver autrement. Ma mère disait : faire du troc. Ah oui ! Un jour, on a trouvé une belle poupée aux yeux verts que j'ai gardée même si elle n'avait pas de vêtements. Parfois, les voisins préparaient des boîtes spécialement pour nous ou nous attendaient pour nous donner de la lingerie ou de la nourriture et souvent, ils venaient chez nous faire des livraisons lorsqu'il s'agissait de gros meubles ou d'objets trop lourds pour la brouette. En échange, maman donnait quelque chose de notre fabrication.

« Ma mère me tenait par la main quand on allait en forêt ou à travers champs. J'apportais ma poupée à qui on inventait des cavernes sous une racine d'arbre, un château sous les roches, un pont-levis d'une branche. On avait droit à des récréations et on roulait dans l'herbe de la pente, on chantait, chantait jusqu'à ce que le soleil s'endorme dans les nuages rosés. Faire tourner la rose des vents par nos rondes, puis cueillir des bouquets d'étoiles filantes... tout était possible avec ma mère. J'entends encore sa voix : "Avec toi, je n'ai besoin de personne, ni de gloire, ni de fortune, ni de l'amour d'un homme." Elle avait dû lire ça dans un conte...

«Aussi, dans la matinée du dimanche, beau temps, mauvais temps, on ramassait une pleine brouettée de roches qu'on prenait dans les champs du voisin, monsieur Saint-Cyr. Il aimait bien qu'on l'en débarrasse. Maman ramenait chez nous les cailloux qu'elle empilait : des miettes de rêve, qu'elle disait, pour un projet de longue haleine. Ma mère m'avait expliqué : il faut construire au moins une œuvre majeure dans sa vie. La sienne serait un palais de pierres sur la colline, une structure en dentelle de maçonnerie, un palais aérien fait d'enfilements de grottes asymétriques, tout en rondeurs. Je le voyais déjà, ce palais : chaque pierre y serait précieuse, des bouts de cordage y fileraient le parfait bonheur. On jurerait y voir des coquillages, des visages coincés dans la matière brute, des silhouettes, des animaux fantastiques. Un château organique.

«Ma mère était une véritable battante. Prête à affronter des souffrances sans gémir, réaliser des exploits sans frémir. Imaginez la démesure : une si petite femme construisant un palais. Elle savait bien que le monde qui nous entourait n'exigeait rien de semblable. Non. Les gens se nourrissent de routine et d'abrutissement. Pour la majorité d'entre eux, la vie, c'est une salle à manger, qu'elle disait. Ils s'y consolent en mangeant des *burgers*, s'y animent un peu le matin en buvant un café, et, le soir, ils passent au salon pour s'engourdir devant une télé et s'endormir après avoir bu leur bière. En vivant ainsi, notre histoire n'aurait rien d'une épopée. Elle épouserait sa mission même si, dans ce monde, l'individu qui veut du grand, qui nourrit un idéal et poursuit une quête est perçu tel un rêveur ou un imbécile heureux. Pensez aux fourmis, pourtant si petites, elles arrivent à construire des tunnels et des galeries formidables! Même les pires orages ne les découragent pas.

«Quand j'ai eu neuf ans, ma mère avait transporté tellement de brouettées de cailloux qu'elle en avait mal au dos. J'avais peur que sa colonne vertébrale ne raccourcisse encore : je lui allais d'ailleurs aux épaules. Elle jugea que nous avions assez de pierres pour débuter les travaux. Quelle interminable besogne! Si vous aviez vu! Elle choisissait les pierres une à une pour trouver leur emplacement précis, sans avoir à en casser une seule. Elle avait son plan en tête et, à chaque caillou, son destin.

«Pendant que je brassais le mortier, elle me parlait de la mémoire et de la sagesse des roches, de leur connaissance historique et préhistorique. Un jour, en pleine canicule, nous avons trouvé, sur les berges craquelées du lac, une roche en forme de cœur, un peu plus grosse qu'un poing, à côté d'os jaunis par le temps et qu'elle disait être ceux d'un homme.

«Sur le moment, j'ai eu peur que ma mère se pâme tellement la surprise l'avait foudroyée. Pas le moins du monde elle ne se préoccupait des os, mais serrait le caillou cordiforme contre sa joue, les yeux mouillés. Elle était très théâtrale, ma mère. Enfin, elle revint à elle, ou plutôt à moi, m'invita à m'asseoir sur l'herbe et, caressant cette drôle de roche, elle me dit qu'il s'agissait du cœur de son premier amour et que cette roche-là tiendrait la meilleure place dans le palais, elle en serait la clé de voûte. J'étais stupéfaite. Je lui ai demandé comment elle avait pu aimer un homme au cœur de pierre. Elle a fermé les yeux. Des images semblaient défiler dans sa tête. Elle venait de tirer un autre fil, une autre histoire s'est dévidée : celle de Cœur de pierre.

« Elle avait seize ans et c'était le dernier été qu'elle passait chez ses grands-parents. À la ferme voisine, les Saint-Cyr avaient engagé un jeune homme doré et musclé comme un bronze, très beau, mais d'un silence minéral. Cette sculpture vivante aidait aux travaux.

« Il s'appelait Thomas. Ma mère l'associait à Thor, ce dieu scandinave qui déroche des coups de foudre. Elle trouvait mille excuses pour aller se promener à pieds, à bicyclette, pour passer et repasser devant la maison des Saint-Cyr.

« Tous les jours, elle maintenait sa vigie, multipliant les occasions de le croiser. Elle a même proposé à sa grand-mère de faire les livraisons de miel, d'œufs et de légumes, autant de possibilités d'entrer dans la maison des Saint-Cyr, sans compter toutes les fois où elle allait aux champs dans l'unique but de l'entrevoir. À un moment donné, elle a pris des lunettes d'approche pour l'observer. Comme il faisait une chaleur qui coule sur la peau, Thomas avait retiré sa chemise. Elle a alors aperçu une grande cicatrice sur son torse. Très intrigante. Peut-être était-ce le souvenir d'un combat au glaive ou à l'épée ? Pour défendre sa patrie ou le cœur d'une belle, en preux guerrier...

« Elle mettait des robes courtes pour montrer ses longues jambes, elle lui envoyait la main lorsqu'il était trop loin ou lui adressait d'agréables bonjours quand elle avait la chance de le croiser à la maison des Saint-Cyr. Trois semaines comme ça, sans un mot du guerrier, pas même un sourire, à peine un regard embarrassé qu'il détournait aussitôt.

« C'était son premier amour. Pourquoi fallait-il qu'elle aime ce bellâtre ? De jour en jour, l'affliction la rongeait, l'amour devenait un mal envoûtant. Puis, elle a eu cette idée de lui écrire des vers, copiés dans une pièce de Racine :

> *J'aime. Ne pense pas qu'au moment que je t'aime,*
> *Innocente à mes yeux, je m'approuve moi-même,*
> *Ni que du fol amour qui trouble ma raison*
> *Ma lâche complaisance ait nourri le poison.*

« Elle a placé le billet sur le siège du tracteur et a surveillé, embusquée dans la haie en bordure de la prairie. Thomas faucha toute la matinée un premier champ, puis l'après-midi, récolta le foin coupé la veille au bout de la terre. Il ventait très fort, ce jour-là. Les feuilles se musclaient le pétiole pour s'accrocher aux branches. Jusque tard dans la soirée, les Saint-Cyr et Thomas engrangèrent les presses de foin avant l'orage. Et la nuit, Thor y alla de toute sa foudre.

« Le lendemain, elle attendait un mot, un signe. Rien, toujours rien. Trois jours plus tard, elle a retrouvé son billet dans une flaque de boue, tout chiffonné, à quelques pas du tracteur. Il n'avait même pas été décacheté. En se relevant, qui est-ce qu'elle aperçoit ? Le beau Thomas, tout aussi surpris qu'elle. Fière, elle a relevé la tête : "Ta cicatrice, c'est sûrement celle qui est restée quand on t'a enlevé le cœur pour le remplacer par une pierre !" Là-dessus, elle s'est sauvée.

« Il l'a suivie en courant. Elle allait de plus en plus vite, empruntant le raccourci entre le champ de trèfle et le pacage, oubliant que c'était exactement là que ses grands-parents avaient déposé, la veille, les ruches d'abeilles. Elle est passée trop près, les abeilles se sont affolées et l'ont attaquée. Dans les cheveux, sous sa robe... elle s'est mise à hurler. Thomas l'a prise dans ses bras, a couru jusqu'au lac. Là, il est entré dans l'eau. Le reste, oublié. Quand elle a repris conscience, elle était sur la berge, sa robe trempée, les cheveux collés sur le visage, de la boue froide sur le corps. Thomas avait disparu.

« Les ragots ont fait rage. Elle a su, plus tard, qu'il était ex-détenu, accusé de viol dans une affaire jamais élucidée. Les Saint-Cyr l'avaient engagé sur la base d'un programme de réinsertion sociale, lui interdisant tout échange avec les filles du coin.

« Quand elle est revenue à la maison, on ne crut pas son histoire. On supposa que Thomas l'avait agressée, puis qu'il s'était poussé pour éviter encore une fois la prison.

« C'était faux. Elle en avait la preuve maintenant que nous avions trouvé, sur la berge asséchée du lac, ce cœur de pierre. Voulant la sauver, Thomas avait perdu pied et le poids de son cœur de pierre l'avait empêché de remonter à la surface. Il était mort pour elle. Seuls les arbres autour du lac savaient.

— Très touchant. Si ta mère était une bonne conteuse, toi, tu es excellente. Tu ne négliges aucun détail.

— Cette histoire vous a ému ? Pour vrai ? Oui, les détails sont très importants, pour faire encore plus vrai. Tout est lié. J'en ai d'autres, des histoires. Pour vous tenir pendant des jours. »

8

Princesse Grenouille

«J'aimerais que tu me parles davantage des humeurs de ta mère, de son caractère... Est-ce qu'elle était triste, dépressive?

—Non. En tout cas, pas avant le passage de Maurice Taché-Soucy et des autres. Jamais. Elle avait plutôt les pensées ensoleillées.

«Elle disait avoir un livre dans sa tête, immense, garni d'enluminures et de lettrines gothiques, à tranche dorée, jaquette brodée au petit point. Un livre qui ne pourrait jamais être altéré, tant et aussi longtemps qu'elle vivrait. Ce livre contenait tous les contes. Tous avaient germées d'une graine de réalité. Chaque jour, elle m'en transmettait un. Ainsi, j'en deviendrais l'héritière, la gardienne du florilège. À vingt ans, je connaîtrais sept mille trois cents histoires. Vous riez? Vous vous moquez de moi? Pourquoi vous me regardez comme ça?

— J'aimerais bien que tu m'en offres un recueil...

— Oh! Il nous faudrait beaucoup de temps... Pendant une seconde, j'ai cru que vous doutiez. Pardon. J'ai mal lu dans votre œil. Oui, je continue.

«Je n'avais qu'à puiser une lettre dans l'alphabet. Une fois, j'ai dit : "P!" Elle a fermé les yeux, cherchant dans la table des matières cachée derrière ses paupières, répétant une séquence de lettres de l'alphabet : "P — Q — R... P — Q — R...", s'arrêtant sur P : "P, pour *Princesse Grenouille!*"

«C'était le matin, il faisait bon dehors. Elle me tendit la main. "Viens, nous allons marcher jusqu'à la roche pleureuse. Souvent, la Princesse Grenouille est là. En chemin, je te raconterai son histoire."

«Pour aller à la roche pleureuse, il fallait traverser le pont, nous faufiler sous une clôture et emprunter un sentier à travers une forêt de bolets, laids mais délicieux, et d'amanites, superbement vénéneux, des fougères, des sabots de la vierge, des renoncules et de la camomille. Oui, j'ai fait la connaissance de plusieurs plantes, très utiles pour les remèdes et les décoctions calmantes ou soporifiques, toutes sortes d'infusions...

«Bon. Je poursuis. Le long de la rivière, les vestiges de murets de pierres tout craqués prouvaient que des habitants avaient vécu là avant nous. Plus en amont, dans le ruisseau, se dressait une immense roche à paroi verticale. De l'eau glissait le long de ce rocher et les gouttes tambourinaient sans cesse dans le ruisselet qui naissait là, un peu mystérieusement : une grosse ride dans le paysage creusait le sol au pied de la roche pleureuse. D'où provenaient les larmes qui coulaient sur ce gigantesque caillou? Mystère dont l'explication résidait dans la légende d'*Ophélie, la Princesse Grenouille,* que me raconta ma mère à peu près ainsi.

«Ophélie était une jeune fille aux longs cheveux roux. Lorsqu'elle se rendait au hameau, le fermier interrompait le mouvement de sa faux, le semeur restait le bras en l'air, la tricoteuse perdait une maille, le cavalier stoppait sa monture, le menuisier frappait à côté du clou et écrasait son doigt. Les herbes enviaient la souplesse de ses cheveux, les fleurs rêvaient de son parfum, les arbres, de sa lumière et les eaux bénissaient son reflet. Ophélie aimait beaucoup s'asseoir près du ruisseau. Non pas pour y admirer son image dans l'onde, mais parce qu'elle trouvait dans les eaux un réceptacle à confidences.

«Bon, bon. Je sais... Nous n'avons pas toute la journée. Je vais vous raconter ça par le raccourci.

«Toujours est-il qu'elle tomba en amour avec un prince, amour réciproque, enfin au début, puisqu'il voulait l'épouser dès qu'il reviendrait d'un long voyage. Elle l'attendit avec la patience d'un grand héron. Lorsque le prince revint, enfin, il était au bras d'une femme farouche qu'il avait rencontrée en cours d'aventures et avec qui il se marierait à l'automne. Le goujat!

«Ophélie disparut. On la chercha partout. Introuvable. Certains crurent même qu'elle s'était noyée au fond de l'étang car on avait retrouvé son châle à la surface.

«Plus tard, le jour du mariage, en enfilant son costume, le prince entendit une plainte. Il sortit mais ne vit personne. Au pied du château, il aperçut des ronds dans l'eau. Une grenouille? Il s'avança vers le miroir calme, emprunta les escaliers de pierres. Dans l'image inversée des marches, il vit un reflet, une silhouette qui lui faisait signe. Il descendit les marches une à une, le cœur prisonnier d'un souvenir si vif qu'il en oublia le présent. Il vit un visage à fleur d'eau, des lèvres douces sur lesquelles il posa les siennes. En vain et trop tard, les villageois crièrent son nom au prince pour le ramener à la réalité. Mais il ne restait plus à la surface que des ronds dans l'eau. Attiré par une grenouille, il s'était noyé.

«Souvent, princes et princesses sont métamorphosés en grenouille, racontait ma mère. C'est le sort qu'a connu Ophélie et depuis, elle chante un refrain triste sur la roche pleureuse, celle où elle venait attendre son fiancé tous les jours. Ses larmes sont éternelles. "Un coup de foudre fait naître la source, un chagrin d'amour l'inonde. Ainsi, trop d'amour finit par en noyer le cours..." finissait ma mère.

«Il y avait de l'étrangeté dans cette histoire qui me bouleversait parce que, pour moi, Ophélie, c'était ma mère en chair et en os. Peut-être avait-elle attendu mon père des années? Peut-être était-ce ses propres larmes qui coulaient au fil de l'eau? Peut-être avait-elle voulu mourir? Se pouvait-il que l'amour enserre la mort de si près?

«Je suis retournée au ruisseau en après-midi, avec le jeune fils Saint-Cyr, pour lui montrer les larmes de la roche. Il ne me croyait pas et a dit : "Regarde, il y a une pompe, là, installée dans la rivière plus bas, et un tuyau caché sous la terre amène l'eau jusqu'au rocher..." L'incrédule! Un autre rabat-joie! Moi, je ne croyais que les histoires de ma mère. Et j'ai vu la grenouille qui hantait le ruisseau, je l'ai même attrapée. Avant de la remettre à l'eau, je lui ai parlé tout bas : "Je vais conjurer le sort, petite grenouille. Tu deviendras une grande princesse. Je te trouverai un fiancé, plus valeureux et plus fidèle que le premier!" J'avais promis, bien plus à ma mère qu'à la petite bête. Et c'est cette promesse qui a tout déclenché. Est-ce qu'on m'accusera d'avoir formulé cette promesse ?

— Bien sûr que non.

— Qu'est-ce que ce bruit qui sort de votre poche ?

— Mon téléphone cellulaire. Le patron a besoin de moi.

— Qu'est-ce qu'il veut ? Il nous vole du temps, celui-là !»

*

«Témoignage de Moïra Comté, 3 avril. Alors, ces hommes ? Le premier, Maurice Taché-Soucy, n'est-ce pas ? Tu as dis qu'il avait dérangé votre vie, fait du mal à ta mère. Pourquoi ?

— Oui, ces hommes... J'y viens. Auparavant, je dois vous parler d'une chanson. Parce que les chansons nous en disent long sur la vie. Est-ce que vous chantez quand vous avez peur ? Oh ! Moi, oui ! Et je vous en tonnerais, moi, des chansons pour épouvanter vos peurs.

— As-tu peur de quoi que ce soit ici ? Peur de moi ?

— Non, ici, je me sens en sécurité. Surtout quand vous êtes là. Merci grandement de venir me voir. Quand j'étais petite, c'était autre chose... Chaque soir, le noir collait dans ma chambre des barbouillages d'insectes étranges. Partout autour, sous le lit, dans le placard, dans l'estomac, la gorge... je n'arrivais pas à fermer les yeux tant que j'étais toute seule. Au début, ma mère se couchait en même temps que moi, mais ses nombreux travaux la forçaient de plus en plus souvent à besogner tard dans la soirée. Elle prenait le temps de venir me border, de me lire l'histoire de *Rumpelstiltskin,* m'embrassait, me garantissait qu'aucune bête, ni monstre, ni fantôme n'était sous le lit. Elle disait aussi que les petites fées me protégeraient de tout cauchemar, que rien ne pouvait arriver, et qu'elle serait juste à côté... Mais dans le noir, je ne voyais pas les fées. Quelques minutes passaient et j'appelais ma petite mais toute puissante maman qui, par sa seule apparition, chassait les mauvais esprits, brisait la chape épouvantable qui pesait sur mes couvertures. Ma mère détenait entre autres pouvoirs celui de chasser les fantômes. Elle avait un coffret musical dans lequel on pouvait enfermer les peurs, les grosses et les petites, puis, clac! elle en refermait le couvercle. Ensuite, elle le verrouillait avec la clé dorée. Elle tournait une manivelle et les peurs se métamorphosaient en musique. *Fais un vœu.* Ma mère chantait pour m'apprendre les paroles.

«Ah! Que je l'ai fait jouer, cet air! Un jour, j'ai perdu la clé. Impossible d'ouvrir le coffre pour y ranger mes nouvelles peurs. Ma mère avait toujours des solutions. Elle a retrouvé la clé sous mon lit puis, a fouillé dans ses affaires, y a trouvé une chaîne pour y accrocher la clé dorée qu'elle a passée à mon cou. Et elle me dit, sur un ton solennel: "Maintenant que tu as neuf ans, je te confie le coffre et la clé. Surtout, rappelle-toi: nous venons tous au monde avec trois clés mais on les perd avant d'être adulte. Ta quête est de les retrouver: la première est dorée. C'est celle du rêve. Elle nous permet de construire des rêves assez grands pour ne pas les perdre de vue quand on les poursuit. La deuxième est argent : c'est celle de la foi qui te permet de croire en toi, de ne jamais faire confiance aux autres. La troisième est cuivrée. C'est celle de l'amour. Et moi, je t'aimerai toujours."

« Chaque soir, elle répétait cette formule en faisant le même rituel : doucement, de son index, elle traçait une croix sur mon front, sur ma bouche puis une sur mon cœur. Avec le sceau sacré des trois clés, j'étais apaisée. Je lui ai demandé où étaient les deux autres clés. Si près que je ne les voyais même pas, qu'elle a dit. Je les trouverais un jour et elles seraient miennes pour la vie. Ces trois clés m'ouvriraient les portes du destin.

« Je la croyais dur comme fer, ma mère à moi, et je les voulais, ces clés. Partout où j'allais, j'observais, je scrutais pour trouver les deux clés manquantes.

« Ah non ! Encore une infirmière ! Changement de pansements, changement de pansements... Gaspillage ! Ils ne sont même pas souillés ! Chaque jour, c'est à des heures indues, sans annonce. Désolée, Monsieur Roy.

— Je sors un peu, prendre un café et attendre.

— Vous allez attendre ? Vous n'êtes pas trop pressé... C'est gentil. »

*

« Cette infirmière m'a fait mal, mais elle était si désolée, s'est excusée cent fois. Elle ne voulait pas. Comme à l'automne, quand je tuais les poules grasses. Je les endormais avant, pour éviter les sursauts quand venait l'heure de les plumer. J'ajoutais

de la valériane dans l'auget. Dès que les poules som-
nolaient, je les prenais une à une et leur enfonçais
une aiguille à tricoter en plein cœur. Trépas sur
le champ. Je savais l'endroit, j'avais développé ma
façon, à mon accoutumée. Ma mère était incapable
de tuer les bêtes. Moi, j'y allais en douceur. Je leur
chantais même à l'oreille la berceuse de la *Poulette
grise* avant de piquer l'aiguille. Pas une peur, pas un
gloussement, pas de course folle de poules sans tête.
Pas de dégât. Une belle mort. Après, l'eau bouillante
et le plumage dans le calme.

«Tout de même, arranger les poules, ça garnit
les vêtements et les mains. Au bout de la journée,
maman m'amenait au ruisseau, pour me laver. À
côté du pont, un pin blanc au tronc démesuré per-
çait la terre et agitait ses branches. Il fallait trois
paires de bras pour en faire le tour. Par gros vent,
il jouait des symphonies et accrochait deux ou trois
nuages au passage. Il était piqué là, comme un phare
en mer. Il avait résisté aux inondations, aux tempêtes, au verglas, aux pires catastrophes. Très vieux,
tout ridé. Personne ne savait quel était son âge. «Un
gros cadenas rouillé avec, gravé dessus, le chiffre
trois cent trente-trois, retenait les deux extrémités
d'une grosse chaîne qui encerclait le tronc. Cet arbre
était enchaîné. Pourquoi? J'ai approché mes lèvres
de l'oreille de ma mère et j'ai chuchoté la lettre "R".
"P — Q — R, P — Q — R..." a énuméré ma mère.
Puis, elle a dit : "R comme dans *Roi enchaîné*!"

«Des centaines d'années auparavant, raconta
ma mère, un druide avait planté là trois pins côte
à côte : les trois gardiens du monde. Au début du
siècle, des hommes sont venus avec leurs haches

96

pour abattre le premier. Ils avaient besoin de bois pour construire des bateaux. Peu de temps après, la Première Guerre mondiale fut déclenchée. Des décennies plus tard, d'autres hommes vinrent avec des cognées et une scie pour abattre le deuxième. Ils avaient besoin de bois pour construire des voies ferrées. Le lendemain éclatait la Deuxième Guerre mondiale. Un étranger vint pendant la nuit enrouler une grosse chaîne au pied du dernier pin afin d'empêcher quiconque de le couper. Ce pin était dès lors le seul, le dernier gardien, le roi des arbres. S'il arrivait, de temps en temps, que l'une de ses branches tombe, alors survenait une guerre civile, une crise économique, une catastrophe plus ou moins importante. L'histoire de l'humanité suivait son cours, sans trop de contrecoups, mais qu'adviendrait-il le jour où cet arbre mourrait? Ainsi se terminait l'histoire de ma mère et j'avais beau la supplier pour connaître la suite, la fin restait un mystère.

«Dans les journaux, j'avais lu des articles sur les guerres. Civiles, raciales, de religions, toutes sortes de guerres… Des histoires atroces. Souvent, j'allais près de l'arbre et m'adossais à son tronc. Chaque fois, il me faisait oublier la fatigue, les problèmes. Cet arbre incarnait la paix. Mais, avec cette chaîne au pied, il ressemblait davantage à un esclave qu'à un roi. Après tout, il n'en avait jamais voulu, de cette chaîne. Pire, avec le temps, elle s'était incrustée dans l'écorce à mesure que le tronc gonflait. Un bourrelet s'était même formé pour envelopper quelques mailles. Il allait peut-être étouffer. J'ai suggéré à ma mère d'enlever la chaîne. Impossible! Personne ne savait où était la clé. Pourquoi ne pas couper une maille? Parce que la chaîne était presque incorporée au tronc. Si on s'aventurait à la scier, ce ne serait pas sans causer des blessures à l'arbre et il croirait qu'on veut l'abattre. Nouvelle catastrophe assurée. La fin du monde, peut-être.

« Un jour, ma mère a oublié la clé de l'atelier sur la porte qu'elle verrouillait toujours à cause des outils. Elle avait si peur que je me blesse avec tout ce qui coupe et qui pique. À peine si je pouvais me servir des ciseaux à bouts ronds pour découper les journaux et des broches à tricoter pour percer les poules. Peut-être craignait-elle que je ne devienne une Belle au Bois dormant ?

« Je n'ai jamais su si elle l'avait oubliée ou si elle avait fait exprès. J'ai pris la clé. Une belle clé ancienne avec une croix gravée dessus : la clé de la foi. Ça m'en faisait deux que j'ai placées sur un porte-clé. Si, un jour, je possédais les trois clés, je deviendrais la grande Moïra, déesse des destinées. Maman l'avait dit.

« Pas longtemps après, un matin, ma mère est partie faire du troc. Comme j'avais l'âge de raison, elle m'a laissée avec les fées pour garder la maison. J'en ai profité pour fouiner. J'ai débarré la porte de l'atelier. Notre vieux rouet était dans le coin. Je me suis approchée et doucement, j'ai actionné la pédale pour faire tourner la grande roue vite, plus vite, laquelle faisait tourner le fuseau comme une toupie. Vrrr! Vrrr! Vrrr! J'aimais la musique du rouet. Souvent, j'avais observé ma mère filer la laine et je savais comment faire, même si jamais elle ne voulait que je sois capitaine de la grande roue. L'écheveau de laine se dévidait puis se torsadait et enfin, s'entortillait sur la quenouille. Quand la quenouille débordait, ma mère me laissait couper le fil. J'éprouvais une puissance qui gonflait mes poumons. Le jeu des engrenages et des ficelles me fascinait, mais plus encore la quenouille, longue et pointue. Elle était faite de métal lisse et brillant, avec une petite coupole ouvragée pour recevoir la bobine. On aurait dit une épée.

«J'ai voulu toucher la pointe et juste à ce moment, un rayon de soleil a frappé la cime de la montagne, bondi sur le toit de la cabane à miel, frôlé le mur blanc de la maison et est entrée par la fenêtre de l'atelier. Sa lumière grimpait le long de la tige et s'agglutinait au bout de la quenouille. Alors, à l'extrémité, il s'est formé une étoile qui n'en finissait pas de s'étirer de tous ses bras, jusqu'au fond de mon œil. Elle brillait trop, cette quenouille, à me brûler les yeux que j'écarquillais de surprise. C'était beau!

«Le lendemain, j'ai voulu savoir. J'ai lancé la lettre Q pour connaître l'histoire du jour. "P — Q — R... P — Q — R..." énumérait ma mère. Puis, elle a lancé: "Q! Comme dans *Quenouille de l'oubli*!"

«Elle avait reçu ce rouet de sa grand-mère qui elle, disait l'avoir trouvé dans un marché aux puces. Le marchand, un très vieil européen, était loin de se douter qu'il s'agissait du rouet du conte. Mon arrière-grand-mère n'avait rien dit au marchand. Elle avait reconnu ce rouet à une petite plaque de bronze fixée en dessous. Les initiales du roi, père de la Belle, y étaient gravées: BD. Bois dormant. Ma mère m'a montré la plaque.

«Vous connaissez le conte de la Belle au Bois dormant, cette princesse lunatique qui s'est piquée au doigt sur la quenouille d'un rouet pour s'endormir pendant cent ans?

— Bien sûr. Tout le monde connaît cette histoire.

— Ah oui? Tout le monde? Eh bien, comme dans l'histoire, ma mère répétait qu'il ne fallait pas toucher à la quenouille du rouet. Il n'y en a pas de plus acérée, de plus dangereuse.

«Mon arrière-grand-mère, donc, avait acheté le rouet. Plus incroyable encore, ce rouet, racontait ma mère, avait appartenu aux trois Moires, celles qui se présentaient au chevet des poupons lors du rituel pratiqué au cinquième jour après la naissance, pour doter le nouveau-né. En fait, elles étaient des fileuses, mais pas n'importe lesquelles : les fileuses du destin. La plus jeune, Clotho, symbolisait la trame de la vie : elle faisait tourner entre ses doigts le fil de laine. La seconde, Lachésis, offrait les dons aux nouveau-nés et déterminait quel serait le lot de chance de chaque personne. Elle enroulait le fil sur le fuseau de la quenouille. La troisième et la plus vieille, Atropos, était la part de l'inexorable destin que nul ne peut changer. C'est elle qui coupait le fil de l'existence. Elles étaient indissociables, comme les Parques, les fées marraines... D'un siècle à l'autre, elles reviennent sous d'autres aspects, d'autres noms. Et pas seulement dans les contes, précisait maman.

«À partir du moment où j'ai su cette histoire, quand ma mère partait, je retournais dans l'atelier, tourmentée par ma curiosité. Je fouinais dans les moindres recoins. Sous une étagère, à moitié enfouie dans la terre, j'ai trouvé une grosse clé cuivrée mais rouillée, à la tête en forme de cœur. La clé de l'amour ! Dessus, je pouvais lire un chiffre que j'avais déjà vu quelque part : trois cent trente-trois. Avant de sortir de l'atelier, j'ai jeté un dernier coup d'œil : la lumière dansait au bout de la quenouille. Dangereuse, cette quenouille des Parques. Trop pointue.

— Le temps passe, Moïra. Les jours fuient. Je dois partir maintenant, pour deux jours. Tous ces détours sont bien intéressants, mais en quoi seront-ils utiles à mon enquête ? C'est bien toi qui a pris et caché cette quenouille ? Pourquoi ?

— Ça n'apporte rien à votre enquête ? Pas pour l'instant. Mais plus tard, quand je vous expliquerai pourquoi j'ai volé cette quenouille, vous verrez bien si la raison est condamnable. Est-ce qu'on m'emprisonnera pour vol de quenouille ?

— Voyons. Ne t'emporte pas.

— Mais non, je ne suis pas fâchée. Juste un peu triste. Vous partez. Ce sera votre congé de deux jours. Samedi et dimanche. Ma mère et moi, on ne connaissait pas les congés, on travaillait tout le temps. »

9

Rumpelstiltskin

4 AVRIL
« Vous ? Un samedi ?

— Eh oui ! Finalement, j'ai décidé de te faire une visite, aujourd'hui.

— Ah mais... je n'ai pas fait ma toilette, pas arrangé mes cheveux...

— Cesse donc de t'inquiéter. Tu es magnifique.

— Ah oui ? Ah la la ! Vous n'êtes pas difficile, vous. Ou bien vous êtes comme le renard de la fable, *un flatteur qui vit aux dépens de celui qui l'écoute*. Je suis si contente de vous voir ! Hier, j'ai fini le cahier de dessins. J'ai passé tout le monde. Docteurs, infirmières, concierge, diététiste... Et aujourd'hui, je m'apprêtais à passer la journée à compter les nuages qui passent dans la fenêtre. Je me languis dans ce lit. On dirait que je vous attends. Quand vous êtes là, ma vie revient.

— Je ne poursuis pas l'enquête, aujourd'hui. Pas vraiment. Juste une visite cordiale, en passant. Pour jaser...

— Jaser ? Mais de quoi ?

— De toi. Tiens, par exemple, dis-moi ce qui te plaît le plus dans ta vie.

— Ah bon ? Qu'est-ce que j'aime le plus ? Moi, vous savez, je suis comme une petite abeille. Toujours active, en besogne. Chez moi, j'avais toujours quelque chose à faire. Même pendant l'hiver. Le froid, c'était autre chose et certains hivers ont été mordants. Mais, avec ma mère, les malheurs partaient au vent. On ne chauffait que la cuisine et on fermait le reste de la maison. On s'abritait dans la pièce aux murs tapissés de livres où ma mère me tricotait des récits tout en m'apprenant le tissage, la dentelle, l'extraction de miel, la fabrication de chandelles. Voilà. J'adorais ça. On bricolait des recettes, des concoctions d'herboriste, des matelas en mousse de quenouille... Pour passer les heures, on confectionnait des merveilles réputées, paraît-il, dans les marchés et brocantes. On les échangeait contre des allumettes, de l'huile à lampe, du sel, du vinaigre, certains aliments, de la levure, quelques services...

— Mais comment faisiez-vous, l'hiver? Que mangiez-vous?

— Chaque jour, j'avais des tâches précises : aller chercher du bois morts en forêt, vider le pot de chambre, remplir de neige les casseroles pour l'eau, dégager le chemin vers les toilettes, préparer les lampes à l'huile et les chandeliers, aller chercher les légumes dans le caveau, les peler... On mangeait souvent des légumes racines, mais apprêtés de différentes façons.

— Et tu mangeais assez?

— Oui, oui, à satiété.

— Et ton moment préféré?

— Après le souper, j'enfilais mon pyjama et j'attendais l'heure du conte. Avant de m'endormir, dans le lit étroit, ma mère venait m'étreindre. Elle aurait voulu me serrer aussi fort qu'on enserrait les pieds des Chinoises pour ne jamais qu'ils grandissent, qu'elle disait. J'étais sa douce, sa boule d'amour, sa petite fille sage, l'amie des nuages. C'était grande aise et ma peur du noir s'évaporait. Rien ne pouvait nous atteindre, toutes les deux emmitouflées, en train de lire ce fameux conte où il était question d'un petit personnage : *Rumpelstiltskin*. Vous connaissez ? Ce lutin qui voulait enlever le poupon à une fileuse, à moins qu'elle ne devine et prononce le nom dudit lutin.

— Oui. Une histoire à n'y rien comprendre. La morale de ce conte m'a toujours échappé.

— Vous avez bien raison : une fileuse geignarde qui ne respecte pas sa parole, un roi fou et avare, un père prêt à tuer sa fille pour obtenir la fortune, un messager qui résout l'énigme sans être récompensé et un pauvre lutin qui se fend en quatre pour sortir la fileuse du pétrin sans obtenir sa récompense malgré toutes les chances qu'il lui donne. Finalement, déchiré en deux, il disparaît à jamais dans l'abîme. Pauvre petit lutin! Victime d'injustice! J'aurais voulu le sauver.

«Et puis, qu'aurait-il fait d'un nourrisson, ce pauvre lutin? Aurait-il eu la force de le prendre dans ses bras, la patience de le consoler, le soir, pendant les interminables heures de colique? Ma mère m'a raconté tous les soins qu'un bébé exige : désinfecter les biberons, préparer les purées, laver chaque jour couches, layettes et pyjamas, appliquer la crème sur la peau... Un lutin ne fait pas ça et le bébé de l'histoire serait mort après quelques jours. D'ailleurs, pourquoi, dans les contes, les lutins enlèvent-ils les enfants? J'ai questionné ma mère. Elle parlait de métaphore, de vérité innommable, d'un tabou, comme d'une grave maladie que l'on tait et qui fait des ravages encore plus grands tant qu'on ne réussit pas à la nommer. Je ne comprenais pas. Ma mère, encore moins, je pense. Un jour, j'ai découpé les pages, tous les mots qui n'avaient pas d'affaire là, dans ce conte, pas dans cet ordre. Pour réinventer le récit. Découper dans un livre, est-ce un sacrilège passible d'emprisonnement? N'a-t-on pas le droit de réinventer une histoire?

— Non plus. Tiens, avant de partir, je te laisse cette boîte.

— Qu'est-ce que c'est?

— Une surprise.

— Une surprise? Pour vrai? Qu'est-ce que c'est? "À n'ouvrir qu'après mon départ." J'aime les mystères. Vous avez deviné. Promis, je n'ouvrirai le paquet que lorsque vous serez parti.»

PARTIE III — EUX TROIS

10

Les règles du vœu

AVANT de déposer l'enregistreuse sur la table, Louis Roy remarqua un message dessiné par Moïra. Il prit quelques secondes pour tenter de le déchiffrer, sans y attacher beaucoup d'importance. Elle détacha la page de sa tablette à dessin, la lui remit pour qu'il la conserve et s'amuse, plus tard, à découvrir la phrase.

« Témoignage de Moïra Comté, 6 avril, recueilli par Louis Roy.

— Je n'ai rien d'autres à vous offrir que des dessins, des rébus... Et vous qui m'avez apporté, avant-hier, de si belles choses ! Merci pour les cadeaux ! Les livres de contes, la robe de nuit, la trousse de toilette... Tous des articles neufs ! Et les chocolats... Je les ai tous mangés hier, en les laissant fondre dans ma bouche pour qu'ils durent plus longtemps. En lisant. J'ai réussi à survivre à l'ennui du dimanche. Je voudrais vous rendre au centuple ces plaisirs que vous me faites... Ah oui ? L'enregistreuse est déjà en marche ? D'accord. On reprend l'enquête ? Bien. Prochaine question ?

— Est-ce qu'il est arrivé un moment, une période, où ta mère te maltraitait ?

— Ma mère ? Me maltraiter ? Qui vous a rapporté cette médisance ? Jamais elle ne m'a infligé de coups, ni la moindre blessure, ni de punition. Elle m'a nourrie, se sacrifiant pour que j'aie ma bonne part quand le garde-manger maigrissait. Et malheur à ceux qui vous auront rapporté le contraire ! Je vais leur jeter un sort. À vous aussi !

— Attention, jeune fille. On se calme. Il fallait que je sache.

— C'est bon. Mais ne dites plus de pareilles menteries.

— Bon, et ces hommes qui sont passés chez vous… voudras-tu enfin m'en parler aujourd'hui ?

— Oui, bien sûr, vous avez hâte d'entendre ces histoires. Là, je crois que vous êtes bien prêt. Je me souviens de tout, dans le moindre fragment. Parce que j'ai une excellente mémoire, la meilleure ! Je suis allée à la bonne école. Là, si je ferme les yeux, comme ça, je peux tracer votre portrait en détail : vous portez une chemise cerise avec deux petits boutons rosés au col, une cravate mince, bleu myosotis à losanges cerise assortis à votre chemise. Votre veston est gris souris, comme votre pantalon. Un petit peu usé aux poignets. Ou bien ça fait longtemps que vous le portez, ou bien vous l'avez cueilli dans un contenant en bordure de route, le dimanche. Chaque manche compte trois boutons noirs à vraies boutonnières, cousues main. Une belle confection. Je pourrais continuer jusqu'au moindre poil, mais je ne le ferai pas, pour vous éviter la gêne. C'est embêtant de se faire parler d'une tache par ci, d'un bouton au menton par là, de poils au nez... Mais vous, de toute façon, vous n'en avez pas. Votre visage est presque sans défaut, avec une mâchoire taillée comme une figure géométrique. Votre visage, je pourrais le dessiner demain ou la semaine prochaine, je ne l'aurais pas oublié. Je photographie dans mon cerveau les paysages, les scènes, les gens, les moments... Maintenant, j'ouvre les yeux. Ah tiens! Votre visage a un peu changé : il sourit.

« Un autre truc pour mieux emmagasiner en mémoire : je répète trois fois. Pour retenir une leçon, une histoire, une formule. C'est très étrange, la mémoire et l'entêtement du cerveau qui refuse de comprendre et d'assimiler du premier coup. Ma mère m'a expliqué. Elle disait qu'au cours de l'existence, un être humain est toujours soumis à la règle de trois. Ainsi, il doit traverser la même épreuve trois fois pour en tirer une leçon durable, vivre trois relations amoureuses avant de trouver l'âme sœur, occuper trois emplois pour trouver sa voie. Et tant que l'individu n'a pas compris, le destin se charge de le replacer dans une situation similaire jusqu'à ce que les erreurs des premiers essais soient évitées et deviennent constructives.

« Si on rencontre un problème, la meilleure façon de le régler est de le diviser en trois parties. C'est bien connu en magie : le chiffre trois symbolise la résolution de tout, c'est le domaine du mouvement, de l'action et des décisions... Et si on observe certaines conditions, on peut régler un problème en faisant un vœu, pourvu qu'on respecte les trois règles suivantes :

«Règle numéro un : quand on voit trois fois le même phénomène ou trois objets étranges pendant la journée, comme trois chiens blancs ou trois parapluies cassés, on a le droit de faire un souhait rimé. Règle numéro deux : ne pas dévoiler ce vœu à qui que ce soit avant sa réalisation. Dernière règle : une fois le souhait formulé, donner un coup de pouce au destin pour qu'il se concrétise. Rien ne sert de rester là sur son séant à attendre que la bonne fortune nous tombe dessus, disait ma mère.

«Pourtant, dès qu'une troisième personne s'introduisait dans le duo que nous formions ma mère et moi, ça tournait toujours mal. Et ça, je l'ai appris après trois expériences. C'est aussi pour cette raison que notre univers a été chamboulé.

«Tout commence par la chanson *Fais un vœu* dans la boîte à musique. Maman me l'a chantée souvent. Vous ne connaissez pas cette chanson? Un garçon attrape une grenouille au bord d'un étang. Elle lui promet de réaliser trois vœux s'il la laisse libre : il souhaite d'abord la fortune, puis la gloire, mais aucun ne lui apporte le bonheur. En dernier recours, il souhaite l'amour. La grenouille se change en belle fille, les voilà amoureux et s'en vont main dans la main.

«Ma mère disait qu'il y avait beaucoup de leçons dans les chansons... Mais chez nous, les événements ne se sont pas déroulés comme dans cette chanson. Pas tout à fait. D'abord, ce n'est pas une grenouille que nous avons rencontrée au bord d'un étang. Oh non! C'est plutôt un crapaud qui a frappé à notre porte, par un jour de crachin.

« Un monsieur bedonnant, court sur pattes, le crâne lisse comme une coccinelle, la face crête de coq, crispée comme une vieille pomme, un imperméable sable chiffonné. Il reniflait à tout moment. Une mallette à la main, des formulaires, des questionnaires, des actes de notaires... Il parlait une langue incompréhensible : *vérificateur fiscal, déclarations de revenus déficientes depuis dix ans, t4, t4-a, factures, amortissements, revenus et dépenses de travailleur autonome, assurances maladie et médicaments...* C'était un crapaud de l'impôt, avec du mépris dans les coins de sa bouche, une face de calcul mental. Ma mère devait de l'argent à l'État, beaucoup d'argent. J'ai pensé que l'État était un seigneur et que ce crapaud était son serviteur. Il exigeait de chaque propriétaire terrien le paiement d'une sorte de cens, une redevance.

« Ma mère lui expliquait qu'elle n'avait pas d'argent et qu'elle ne pouvait rembourser les sommes exigées. Elle lui a offert ses plus belles dentelles aux fuseaux, ses catalognes de haute lice, un tapis tricoté en laine de chèvre... Il ne voulait rien de tout ça, que de l'argent! Et il continuait de cracher son venin, ses mots indéchiffrables : "*Et au surplus, vous n'avez pas acquitté les impôts fonciers, les taxes municipales, scolaires, d'eau, l'assurance habitation, responsabilité...*" Ma mère a proposé de rembourser la dette par des pots de confiture raffinée, du miel de fleurs de pommetiers, des paniers remplis de légumes santé... Le crapaud voulait un mandat poste, une traite bancaire ou un chèque certifié : des petits bouts de papier signés. J'avais du beau papier blanc et je dessinais très bien. J'ai promis de lui faire les petits dessins qu'il souhaitait, avec des volutes et des signatures magnifiques. Il a dit que ça n'allait pas, que ce serait du faux. Pourtant, je dessinais pour vrai !

— Vous n'aviez pas d'argent ? Jamais ?

— L'argent ? Ma mère ne parlait jamais de sous. J'ai passé mon enfance en ignorant que l'argent existait, sauf sous forme de bijou puisqu'à mon cinquième anniversaire, ma mère m'a donné son médaillon au dragon d'argent, celui-là même qu'elle destinait au faux chevalier de qui elle s'était éprise : mon père inconnu. Toujours je devais porter cette amulette, par protection, qu'elle m'avait dit. Alors, ce médaillon-là, je ne pouvais pas le donner au crapaud de l'impôt.

« En désespoir, ma mère lui a dit : "Monsieur, je n'ai aucun sou qui m'honore et sans vouloir vous causer de tort, il ne me reste qu'à vous offrir mes vieux bijoux en or." Il a refusé. Il lui a conseillé de vendre la propriété, laquelle valait sûrement beaucoup, à cause de son emplacement et de son étendue. Il communiquerait avec un évaluateur et avec un inspecteur municipal pour vérifier l'index aux immeubles, le rôle d'évaluation, l'état de la fosse septique, de la cheminée, des fondations, de la toiture, du mat électrique qui n'avait pas servi depuis dix ans, la conformité des actes de propriété, du certificat de localisation, d'héritage... C'était sans fin. Ma mère a expliqué que, si elle vendait, nous n'aurions nulle part où nous loger. Il lui a répondu d'un ton insolent qu'elle n'avait qu'à trouver un emploi pour gagner sa vie au lieu de jouer à la bohème et de faire besogner sa fille à trier des cochonneries. Il a conseillé d'acheter plus petit ou de louer un appartement en ville. Ma mère a alors précisé que c'était impossible puisqu'elle avait fait le serment de ne plus rien acheter et que, si elle le faisait, grand malheur lui arriverait. Monsieur Crapaud a jugé que tout ça était ridicule et, dans les circonstances, que ma mère serait saisie.

Saisie. J'ai cherché au dictionnaire : *étonnée au superlatif*. Mais en observant le visage affligé de ma mère, j'ai compris la terrible sentence : nous allions tout perdre.

«Ce percepteur… il devait se réciter tous les jours la finale de fable *La Cigale et la Fourmi*. *"Vous chantiez? J'en suis fort aise : Eh bien! Dansez maintenant."* Mais il s'était vertement trompé quand au rôle de Cigale qu'il avait accolé à ma mère.

«Si le remboursement n'était pas acquitté dans les trois mois, un huissier viendrait changer les serrures avec ordre légal d'expulsion du domicile. En entendant ça, ma mère en perdit la voix et, stupéfiée, se trouva en larmes.

«Jamais encore je ne l'avais vu tant pleurer. Toutes les larmes de la roche pleureuse n'étaient rien à comparer à ce chagrin. J'en avais le ventre labouré. Puisqu'elle ne pouvait ni vendre, ni acheter, ni trouver l'argent, je m'occuperais de dégoter un amoureux digne de cette femme : la belle Ophélie serait sauvée par un chevalier, fidèle et sans reproche, intègre et téméraire, comme dans les contes qui finissent bien. Moi, Moïra, déesse des destinées, je changerais le cours des événements. Nous n'allions pas nous laisser dévorer par des problèmes d'argent!

«J'ai eu l'idée d'une annonce dans le journal. Il me fallait un court texte, le vélo et 4,75 $. Pour le texte et le vélo, pas de problème, mais le prix de l'annonce... Où trouver cet argent? Bon, moi, je n'avais pas fait de serment par rapport à l'argent et à la consommation comme l'avait fait ma mère. Au village, j'ai vendu deux pots de miel, ce qui m'a rapporté un billet de cinq dollars. Après, je suis passée au journal pour qu'on publie mon annonce : "Jeune femme, charmante et inventive, propriétaire d'un royaume, cherche preux chevalier qui l'aiderait à construire son palais. Vous présenter à la troisième propriété sur la droite après l'intersection Craig et Chemin de La Vallée." Comme nous n'avions ni téléphone ni adresse civique, j'ai fourni l'emplacement de notre demeure. Les prétendants viendraient sans pouvoir s'annoncer et ma mère serait tenue de les recevoir. Chaque jour après, la maison et moi surveillions le bout de la route.»

11

Moustache-de-Souris

Dès qu'elle vit entrer Louis Roy dans la chambre, Moïra lui tendit une page détachée de sa tablette.

Il la regarda avec attention, prononçant des syllabes décousues, butant sur ce qui lui semblait être une trompette, demanda de l'aide que Moïra refusa de lui accorder. Il rangea le rébus dans son porte-documents et sortit l'enregistreuse :

« Témoignage de Moïra Comté, 7 avril...

— Avez-vous déchiffré ?

— Non... 7 avril. Déposition de Moïra Comté, recueillie par Louis Roy. Voyons, Moïra. Pourquoi cet air tristounet ? Est-ce parce que je n'ai pas compris le message ?

— Non de non. Le médecin m'a dit que l'infection jouait dans les plaies et que la guérison irait moins vite. Je n'ai pas voulu voir. Les infirmières nettoient les blessures deux fois par jour, changent les pansements, me font avaler des pilules, me piquent... Mais je suis découragée... Ces blessures finiront-elles par guérir un jour?

— Garde courage. J'ai vu le médecin. Il m'a dit que la cicatrisation serait plus longue, mais tu es hors de danger.

— Qu'y a-t-il, dans cette boîte, sous votre bras?

— Un cadeau. Pour te remonter le moral.

— Encore un cadeau! (...) Un appareil pour écouter de la musique! Comment fait-on?

— Tiens, je vais l'installer, comme ça. Les écouteurs sur les oreilles. J'ai choisi des musiques pour toi. Tu appuies ici. Entends-tu quelque chose?

— Oui, j'entends... C'est magnifique! Moi aussi, j'ai un cadeau pour vous. En vous attendant, j'ai dessiné le premier. Le voici. Est-ce qu'il vous fait penser à quelqu'un?

— Maurice Taché-Soucy... C'est saisissant! Très ressemblant aux photos qu'on m'a montrées.

— Pour sûr. Je le savais. Moi, je l'avais surnommé Moustache-de-Souris. Un type empressé, plein de bonnes intentions, un grand monsieur à moustache, avec une voix de stentor. Habillé tout en neuf, il sentait la bouteille de parfum, fanfaron à l'heure longue, il se vantait d'être polyglotte. J'ai bien vite compris qu'il pouvait dire merci et bonjour dans plusieurs langues, sans plus. Il était beau, c'était incontestable. De corps et de visage. Outre sa belle apparence, je ne lui découvrais aucune qualité. Il ne respirait que pour séduire. Il enfilait toujours des chemises et des foulards à la dernière mode avec des boutons de manchette. Dans l'ombre de ses beaux yeux, aucune trace de romantisme. Rien. Il avait le regard vide d'un Apollon de marbre.

« Quand il a constaté que nous vivions seules, ma mère et moi, il a dû croire que mon père avait abandonné femme et enfant sur cette grande propriété. Maurice Taché-Soucy avait confié à ma mère, en bon ami qu'il voulait être, que pour être passé par un difficile divorce, il savait très bien ce qu'elle pouvait endurer comme tourmente. Il promit de la sortir de la misère, il en avait les moyens. Bien sûr, elle avait été émue de tant d'empressement. C'était parfait, mais je soupçonnais mildiou sous feuillage à cause d'un tic : il caressait souvent sa moustache. Et il était trop vite en affaires...

« Quand je lui ai fait visiter nos petites maisons, lui ai montré nos réserves, la cabane à miel avec les pots dorés enlignés sur les étagères, l'atelier de récupération, nos cultures et nos cordées de bois, j'ai cru qu'il allait mourir de pâmoison. « Mais c'est tout à fait génial ! Magnifique ! Merveilleux ! » Et il y allait de ses plus beaux sourires derrière sa moustache qu'il lissait sans arrêt.

« Après quelques visites, ma mère l'a invité à souper. Il est apparu sur le pas de la porte, sourire aux lèvres, bouquet de fleurs en main, intentions brouillardeuses au cœur.

« Pendant que maman était à la cuisine, il a fait un tour de passe-passe avec des petits papiers collés avec sa salive sur un couteau à beurre. À ce moment, il a remarqué ma fascination pour la magie.

« Le lendemain, Maurice Taché-Soucy se présenta à nouveau et me remit un bidule qu'il avait fabriqué : une petite hélice de bois fixée au bout d'une baguette à crémaillère. Avec un bâtonnet qu'on frottait sur la crémaillère et une formule spéciale connue de lui seul, il arrivait à faire tourner l'hélice dans un sens, puis dans l'autre. Personne, à part lui, ne pouvait arriver à exécuter ce tour. Dès lors, il m'a crue conquise et ma mère, qui savait à quel point ces fantaisies me charmaient, fut séduite.

« Lorsqu'il frappait à la porte et que j'allais ouvrir, il se hâtait de sortir de ses poches, des sacs à surprise, le nouveau cadeau du jour. Il racontait des blagues et avait toujours un nouveau tour de magie, espérant que ces distractions amusantes me feraient perdre mon visage long.

« Cet homme souriant, heureux comme un bruant à gorge blanche, affichait une joie de vivre imperturbable. Plus j'apprenais à le connaître, plus je le voyais comme un vaniteux, fêtard et superficiel. Je me méfiais de lui. Bien sûr, il semblait boire nos paroles, affable, sociable, astiqué dans son costume sur mesure, mais sans jamais donner de réponse véritable dans son flot de paroles. Et si mes propos semblaient l'intéresser, c'était bien fausse impression. Au contraire de vous, lui, il ne m'écoutait pas et n'avait qu'un intérêt : charmer pour gagner la sympathie de mère et fille.

« Après trois semaines, il a fait sa "grande demande". Ce jour-là, il s'est présenté avec un autre monsieur et il a tenu à ce qu'on s'installe au salon avant de dévoiler ses intentions. Voilà : nous étions ses muses, sa chance inouïe, une révélation... Grâce à notre mode de vie, à toutes nos installations, nos projets et nos travaux, nous lui avions donné une fameuse idée : faire un tournage. Pour lui, un tournage n'avait rien à voir avec la centrifugeuse à miel, le tour de potier ou le tour à bois... Non, il s'agissait d'émissions de télévision. Ma mère s'est objectée. Avec des yeux de Pierrot la Lune, il l'a implorée : par la production de ces émissions, nous pourrions faire comprendre au monde à quel point les gens consomment inutilement. Grâce à notre philosophie de vie, il voulait apporter un témoignage universel : "Cessez de consommer, de produire des déchets. Vivez simplement, dans le dépouillement, la simplicité et soyez heureux! C'est possible! La clé du vrai bonheur est là! Être zen, c'est *in*! Votre fille et vous en serez la preuve vivante! Vous êtes si harmonieuses, si belles! Vous avez le casting parfait, avec vos longs cheveux roux, votre peau veloutée, respirant la santé..." qu'il disait.

« Ma mère lui expliqua que le fisc et les instances municipales allaient nous expulser dans moins de trois mois. "Ah! Ridicule! fit-il. Combien devez-vous au fisc? Je vais vous régler ça dans la semaine. Puis, pas besoin de me rembourser quoi que ce soit... Si vous acceptez de signer mon contrat, avec le pourcentage qui vous reviendra grâce aux revenus des émissions, vous n'aurez plus jamais de problème avec l'impôt!"

« Je ne comprenais pas tout, mais mon plan tenait la route. Maurice Taché-Soucy règlerait les dettes de ma mère et nous pourrions rester chez nous.

« L'équipe de tournage est débarquée un lundi. Des camions, des génératrices, des chariots... Ils ont installé des réflecteurs électriques partout, dans la cabane à sucre, dans l'atelier et la maison à miel. Ils ont apporté quantité de caméras, de perches pour les microphones... Ils faisaient des tests d'éclairage, de prises de vue, de son.

«Comme notre terrain était cabossé, les véhicules avaient peine à circuler. Pas de problème, a dit M. Taché-Soucy, un bélier mécanique va niveler tout ça. La cabane à sucre était trop délabrée... pas de souci, on la fait retaper, avec des volets de couleurs en styromousse, des boîtes à fleurs en plastique et une porte ouvragée en coroplaste et peinture en faux fini. La galerie de la maison rendait l'âme... on la bricole en panneaux d'aggloméré. Là, une clôture qui nuit, on la démolit. Ici, un muret défoncé, on colmate avec carton-pâte et roches en papier mâché. Le jardin était pitoyable à cause de la sécheresse, qu'à cela ne tienne, on plante du maïs, des aubergines et des tournesols artificiels. Pourvu que ça paraisse bien. Mais pas trop, tout de même. Il voulait du rustique. Alors, les trop beaux rideaux de dentelle de ma mère, les nappes en broderie, les coussins satinés... Hop! Disparus et remplacés par du macramé, des coussins en jute, des nappes en étoffe brute.

«Maurice Taché-Soucy nous a remis de longues toges beiges imprimées de fleurs roses, pour faire doux, pour évoquer la nostalgie aux spectateurs d'une époque *Peace and Love*. Voir si on pouvait faire nos travaux, habillées de la sorte! Il ne voulait pas qu'on porte nos propres vêtements qui faisaient trop fades à l'écran. Une maquilleuse s'est acharnée sur moi, à cause des taches sur ma face qui ne partaient pas. Elle a frotté, frotté pour les faire disparaître. Il y en avait sur mes joues, mon nez, partout.

Elle pensait que j'étais crasseuse. J'ai pris soin de lui expliquer : je faisais ma toilette tous les matins, à mon accoutumée, avec de l'eau fraîche dans le bol que j'attrapais avec mes deux mains en soucoupe, portais à ma bouche. Je soufflais dedans pour que le frais se répande partout sur la peau. Trois fois la semaine, j'ajoutais du savon et, avec le gant de crin, je frottais, coin par coin. Après, je rinçais trois fois, par minutie. Elle n'écoutait pas. Ces taches étaient là depuis des lunes, creux sous la peau, mais parce que c'était moi qui le disais, personne ne me croyait. Comme si j'étais la pire des menteuses. Je lui répétais : "Essayez donc de nettoyer les taches sur le dos d'une grenouille à moins de lui arracher la peau!" À la fin, j'avais le visage irrité comme s'il avait chauffé des heures au soleil et... toujours les taches. Quand ma mère a vu le résultat, cramoisie de colère, elle a crié : "Ça ne partira jamais, ce sont des éphélides!" La maquilleuse a enfin rendu les armes et a enduit mon visage de crèmes et de couleurs. Elle m'appliquait chaque fois une épaisse couche de fonds de teint pour masquer mes taches de rousseur qui, autrement, auraient pu passer à l'écran pour de l'acné, selon ses dires. Une autre femme nous a coiffées et, comme les reflets de mes cheveux roux étaient trop discrets, elle les a teints. Elle jugeait les boucles mal définies : elle m'a lissé la chevelure pour augmenter l'effet aérien quand je courais. Il nous a fallu épiler nos jambes, nos aisselles et nos sourcils... Bref, je ne me ressemblais plus du tout. J'étais une autre. Laide.

«Un scénariste nous a remis des textes à apprendre par cœur. Plusieurs figurants ou acteurs avaient été engagés : dans une émission, l'un venait échanger des savons contre du miel, l'autre nous rapportait un agneau égaré... toutes sortes de mises en scène pour provoquer des rencontres.

«L'épisode le plus fantasmagorique était celui avec le troupeau de chèvres. Moïra la belle bergère... Comme l'auge où les chèvres s'abreuvaient n'était plus alimentée par le ruisseau de la montagne, ma mère me demandait d'aller voir à la source. Là, je retroussais mes jupes et grimpais le long du ru. Plus haut, il y avait un beau jeune homme blessé par une balle perdue, un accident de chasse. Il était tombé en travers d'un ruisselet qui amenait l'eau à la fermette. Son corps bloquait l'écoulement. Geoffrey — c'était le nom du personnage — était évanoui. Je devais le ramener à la ferme, mais les branches déchiraient mes vêtements — c'était organisé d'avance — et, en me penchant pour tirer le blessé, on devait voir, dans mon corsage, la naissance de ma poitrine. C'était pour faire de l'effet, disait M. Taché-Soucy. La scène où Geoffrey reprenait conscience près de la bergère était d'une grande bêtise. Il fallait que je tombe amoureuse de lui. Mais moi, je ne l'aimais pas : il sentait la cigarette et puis, je l'avais vu plusieurs fois auparavant embrasser la maquilleuse, la technicienne du son et, plus tard, l'accessoiriste... J'ai dit au metteur en scène : "Je veux bien être gentille, mais je n'aime pas ce monsieur et je n'ai pas le goût de l'embrasser." Et lui, il me dit de jouer le jeu. Mais l'amour n'est pas un jeu, que je réponds. Et voilà qu'il me harangue et qu'il y va de ses infinies explications : jouer la comédie, tenir un rôle, faire du théâtre, le mensonge blanc, la non vérité... J'étais confuse. Mais quelle était donc sa téléréalité ? Du faux-semblant, du mensonge à plein nez, de l'hypocrisie… J'ai dit : "Vous êtes un menteur en scène !" Ma mère s'en est mêlée : "Il faudrait que tu soies plus respectueuse quand Maurice te parle, que tu l'écoutes attentivement. Fais comme il te conseille." Ah oui ? Ainsi fut fait ! Et Maurice discourait, toujours sur le même ton, pour me dire comment être et agir. Et j'ai appris à jouer, dans la tromperie. Formidablement.

« Dans les épisodes suivants, le Geoffrey m'embrassait, me caressait pendant que les chèvres broutaient dans le pacage. Une folle histoire de passion fausse, en somme. Son haleine de tabac me levait le cœur. Je retenais mon souffle et ravalais mon dégoût. Pire, après les scènes, dès qu'il en avait l'occasion et que nous étions loin des autres, il voulait continuer de plus belle.

« Toute l'équipe de mise en scène, perchée comme des poules sur de hauts bancs, suivait les prises et reprises en criant au génie. Tous les scénarios de M. Taché-Soucy étaient des impostures. Aucun rapport avec la vie que nous menions. Avec la musique, la lumière en oblique, les couchers de soleil sur nos chevelures, les papillons, les fleurs…

« Au bout de quelque temps, j'ai remarqué que ma mère obéissait au doigt du scénariste et à l'œil du caméraman avec un sourire figé. Où étaient passés ses belles histoires, son rêve, son projet de construction du palais ? Elle écoutait Maurice Taché-Soucy lui raconter des farces grossières, des propos oiseux. Cet homme ne parlait que de popularité, de revenus publicitaires à venir. Et, avec son équipe, il s'affairait tout le jour. Le soir, il amenait ma mère dans des événements publics, des entrevues pour les hebdos, les journaux, la radio… mobilisant tout son temps car elle avait signé un contrat et devait l'accompagner même après les tournages.

« Ma mère était aveuglée. Elle ne le voyait plus seulement comme un sauveur qui réglerait nos problèmes d'argent. Les tournages avaient pris tout l'été et nous n'avions pas eu de temps pour les cultures, les conserves… Les jardins avaient manqué d'eau, une épidémie avait décimé nos ruches d'abeilles, trois de nos chèvres s'étaient enfuies, nos réserves de bois fondaient. Je travaillais tant que je pouvais, mais je n'aurais pu tout faire, même si Hercule m'avait donné ses bras. Pire, et je m'en rendais bien compte, cet homme finirait par endormir l'imagination de ma mère, par tuer à jamais sa fantaisie, par anéantir nos univers. D'accord, il avait payé la dette, ma mère n'avait plus de soucis d'argent, mais à partir de cet été-là, quand elle me regardait, elle ne me voyait plus.

« À l'automne, les tournages étaient terminés et l'équipe a plié bagages, la caravane s'en est allée par le chemin poussiéreux. Dessus, j'ai trouvé le cadavre de la Princesse Grenouille aplati par un camion. C'était la faute à ce Maurice Taché-Soucy qui, lui, continuait à s'incruster chez nous. Le même jour, j'ai deviné le truc dont il usait pour réussir le tour de magie avec l'hélice sur crémaillère. La goutte qui a fait déborder la coupe. C'était un hypocrite, un imposteur qui profitait de nous. Même l'amour qu'il manifestait à ma mère était faux. En vérité, il ne chérissait que la gloire qu'elle lui apportait. De jour en jour, ma peine gonflait en un cumulo-nimbus. Ce qu'il a fait après a été encore plus terrible... J'ai peine à vous en parler... Trop dur...

— Prends le temps, Moïra. Si tu préfères, nous pourrons continuer plus tard ou un autre jour. Mais pour m'aider à comprendre, il faut que tu racontes... tout.

— Oui, je vais tout vous dire, je veux bien vous aider. Voilà. Tout ça arrivait par ma faute et il fallait que je règle la situation. Je me suis enfermée dans ma chambre pour réfléchir. Là, j'ai réalisé que j'avais bien peu de pouvoir et me suis mise à pleurer. Maurice Taché-Soucy, qui a dû m'entendre, s'est présenté avec un sourire bienveillant, s'est assis près de moi : "Voyons, la belle. Pourquoi pleures-tu? Toi qui, d'habitude, incarnes la gaieté et l'entrain... " Sur le moment, je lui ai fait mes yeux de braise et la moue de bois. Pas besoin d'être polyglotte pour comprendre le langage de mon visage. Mais je me suis souvenue qu'avec Maurice, il fallait jouer. Je me suis radoucie. "Ça ne va plus, Monsieur Taché-Soucy. Ce que vous nous avez demandé a été si difficile... Ma mère et moi risquons de tout perdre à cause de votre projet. C'est ça, la vérité, la terrible réalité. La Princesse Grenouille est morte. Et je voudrais vous demander... vous prier... Pourquoi n'êtes-vous pas parti avec..." Je cherchais mes mots par courtoisie, mais il m'a coupé la parole. "Je ne veux pas partir. J'ai une excellente raison de rester. Tu as, grâce à cette expérience, tout à gagner, ma belle Moïra. Je sais, ce doit être une dure épreuve pour toi. Nous avons perturbé votre vie et te voilà toute chamboulée. C'est normal. Une étape à passer.

Mais j'ai quelque chose d'important à te dire. Je l'ai su dès que je t'ai aperçue : tu feras une éblouissante vedette de cinéma. Tu crèveras les écrans. Si tu m'accordes ta confiance et que tu fais ce que je dis, je te promets une carrière époustouflante, loin du fumier de poule et du sarclage. Tu sentiras autre chose que le crottin de chèvre, je te le jure, et tu deviendras une superbe jeune fille. Une star ! Et pour sceller notre alliance, je t'ai apporté de l'or. Tu seras ma princesse. Tu viendras avec moi dans les studios, la grande ville ! La gloire t'attend !" Et, en regardant ma poitrine, il a ajouté : "Et on mettra bien en valeur tous les atouts que tu as."

« Il posa dans ma main un écrin. Dedans, un collier en mailles dorées serties de petites pierres qui brillaient émeraude. Il a caressé mes cheveux, a posé un baiser sur ma joue sur laquelle il a ensuite passé sa main : "Tu es si douce…" Avant de sortir de la chambre, il a dit, avec sa lèvre relevée dissimulant mal le calcul odieux qu'il faisait par ce présent : "Promets de ne rien dire à ta mère pour l'instant. Je ne voudrais pas qu'elle soit jalouse." J'ai hoché la tête, l'ai regardé sans dire ma pensée. La gloire n'apporte pas le bonheur, disait la chanson. Il trahissait même ma pauvre mère.

« Ce jour-là, j'ai vu trois souris dans la cave. "Faites que Maurice Taché-Soucy disparaisse à jamais !"

« Le lendemain, il frappait à la porte avec du cochon dans le sourire, un sourire qui monte du bas ventre, plein de mauvaises intentions et, sous le bras, un gros bouquet de fleurs. Il me faisait peur. J'ai compris qu'il me faudrait prononcer mon souhait avec plus de ferveur et de rimes… et peut-être donner un coup de pouce au destin. "Faites que Maurice Taché-Soucy, faux magicien et menteur, ne remette plus jamais les pieds dans notre demeure. Et puisqu'il est incapable de véritable amour, que le fil qui relie sa vie à la nôtre soit rompu pour toujours."

«Monsieur Roy, allez-vous m'emprisonner pour avoir formulé ces souhaits?»

12

Gigot-d'Agneau

AU RETOUR d'une pause, Moïra s'empressa de retirer une autre feuille de sa tablette et de remettre à Louis Roy un nouveau rébus.

« Alors, qu'est-ce que ça raconte ?

— Je crois comprendre, mais il reste des trous.

— Vous n'êtes vraiment pas un spécialiste des rébus. Vous êtes dur de la feuille... Bon. Je vous le laisse. Moi, les rébus, ça m'amuse.

— Bien. Je vais y réfléchir quand j'aurai une minute. Là, nous n'avons pas beaucoup de temps. J'aimerais que tu racontes la suite. Maurice Taché-Soucy était-il encore chez vous le lendemain ?

— Le lendemain, pas de visite de Maurice. Je suis allée m'occuper des chèvres, maman, du jardin. Nous avons solidifié les clôtures et fendu du bois. Une belle et grosse journée.

« Nous n'avons plus revu Monsieur Taché-Soucy.

«Nous ne savions pas trop comment nous passerions l'hiver. Le gel et la neige se pointaient. Nous n'avions pas assez de récoltes et d'objets pour le troc. Au début d'octobre, ma mère avait les yeux cernés, les joues creuses, les bras gros comme des branches d'aulnes. Son rire s'était tu et j'essayais par tous les moyens de chasser ses nuages. C'est moi, qui, le soir, lisait *Rumpelstiltskin*. Je lui ai fait comprendre que ce Monsieur Taché-Soucy nous avait trompées et qu'à partir de cet instant, nous pouvions très bien vivre toutes les deux comme avant. Je lui ai promis de prendre soin d'elle.

«Elle avait parfois des étourdissements. Je ne voulais plus qu'elle aille au puits. J'avais peur qu'elle bascule dedans. Alors, je me suis servi de la clé de l'amour pour ouvrir le cadenas de l'arbre enchaîné. Du coup, j'ai libéré l'arbre et j'ai utilisé la chaîne pour attacher le couvercle du puits aux anneaux de fer vissés à sa base. Bien verrouillé ! Pour pas que ma mère, dans un de ses moments de nuages, aille y voir son reflet. J'avais trop peur qu'il l'appelle au fond, comme Ophélie dans le conte. J'ai cadenassé le puits et gardé la clé. »

«Témoignage de Moïra Comté, 8 avril...
— Je vous ai fait un autre dessin : le deuxième homme qui est venu chez nous, mais sans que je ne l'aie souhaité. Il s'appelait Gilles Gaudreault-Naud. Un nom que j'ai tourné en un surnom rigolo : Gigot-d'Agneau...

«C'était un ami de l'inspecteur municipal. Celui-là l'avait informé de notre situation redevenue précaire depuis le départ de Taché-Soucy qui, en passant, ne nous a jamais donné un écu pour les tournages. D'accord, il avait payé les dettes de maman... Mais bon, avec nos trois poches de patates dans le caveau, nous ne ferions pas long feu.

«Gilles Gaudreault-Naud était plus rond, plus rougeaud aussi. Un appétit d'ogre. Pas particulièrement agréable à regarder, mais son auto... Jamais je n'en avais vu de plus rutilante, de plus criarde, toute blanche avec des roues décorées de rayons comme celles des bicyclettes et, sur le capot, une petite fée argent fendait l'air pour ouvrir la route. Très jolie.

«Il s'incrustait comme une moisissure. Il apportait des sacs remplis de provisions. Avec ma mère, le soir, il préparait des plats raffinés, des soupers cinq services auxquels il invitait beaucoup de gens, à croire qu'il connaissait la contrée entière. Il était homme d'affaires et ses nombreuses relations lui avaient composé tout un bouquet de "grands" amis, tous aussi remplaçables les uns que les autres. Il avait le rire facile autant qu'il avait du ventre. Et le sourire juteux quand il jetait une œillade vers moi. Oh oui! Je lui voyais des idées dans l'œil, à celui-là aussi, je vous jure. Des idées sauterelles.

«Au début, je me disais qu'il serait bien pour maman de vivre avec un type aussi fortuné. Elle ne manquerait de rien. La prodigalité de M. Gaudreault-Naud était sans limite. Lorsqu'il a constaté que je dessinais, il m'a inondée de boîtes toute neuves de crayons-feutres, crayons de bois, pastels secs et gras, bref tout pour que je puisse dessiner tout le jour, partout, tout le temps... pour que je ne dérange pas, surtout.

«Maman se laissait étourdir par les gâteries, le nouvel ameublement de salle à manger et la superbe décoration que M. Gaudreault-Naud fit faire pour donner plus de faste aux réceptions. Il aimait notre maison de campagne, rustique et chaleureuse, son ambiance enveloppante qui enchante dès qu'on traverse le seuil. Il ne cessait de répéter à quel point il se sentait bien dans cette maison, avec ses poutres, son poêle à bois, l'odeur des pâtisseries. Ma mère lui proposa d'habiter avec nous pendant l'hiver. Aussi, Gilles Gaudeault-Naud fit faire d'autres rénovations et aménagements intérieurs. Il fit refaire la cuisine et la salle à dîner, ajouter deux salles d'eau, l'une au sous-sol pour les lessives et l'autre, au rez-de-chaussée, dans l'ancien espace de rangement. Au temps où les haricots se sèment, il entreprit des travaux de terrassement et nos belles pierres naturelles autour des plates-bandes furent remplacées par des murets de blocs de béton. Les fleurs sauvages du sous-bois furent rasées et le ruisseau, canalisé dans un gros tuyau. Gaudreault-Naud fit creuser un immense trou pour y construire un bassin en béton entouré de pavés. Autour, on planta des statues, un chauffe-terrasse et des flambeaux. Plus rien de naturel ni de sauvage, pas même une toile d'araignée, plus de trou ni de cachette pour les écureuils et les tamias. J'étais découragée. Devant ce carnage, je faisais souvent le geste de serrer les poings, en crispant les mâchoires. Patience, patience, que je me disais. La colère est mauvaise conseillère. Attendre d'abord, pour endormir la blessure au ventre plus tard.

«Lui aussi avait son plan : acquérir notre propriété, endroit stratégique pour la construction d'un complexe hôtelier champêtre qui lui rapporterait une fortune. Ma mère refusait de vendre. Et Gigot-d'Agneau y est allé de toutes ses stratégies pour la faire changer d'idée, la séduire à son tour.

«Pas une minute j'ai cru qu'il était amoureux d'elle. Et, encore une fois, ma pauvre mère est tombée dans le panneau. Un bon soir, je l'ai vue descendre l'escalier, vêtue comme une châtelaine avec une robe qui brille et des talons hauts. Où avait-elle déniché ce costume ? Elle allait d'un invité à l'autre, un martini à la main, affable. Méconnaissable ! J'essayais de lui faire entendre raison, elle était non seulement aveugle, mais aussi sourde. Elle a dit : "Cet homme sera notre planche de salut."

«Vint l'été. Le contrat de vente était prêt pour signature devant notaire. Une formalité. Mais le notaire est tombé malade et le rendez-vous, reporté une semaine plus tard. Trop impatient, Gilles Gaudreault-Naud passa quand même à une autre étape : la construction d'une gloriette pour orchestre sur la colline.

«Ce sont des bruits de moteurs qui m'ont réveillée par un matin tout clair, plein de soleil et du bleu d'une montagne à l'autre. Je me suis levée vitement et j'ai enfilé mes pantoufles inversement. "Qui met ses pantoufles à l'envers aura une journée d'enfer !" disait ma mère. Je n'avais pas le temps de les replacer.

«J'ai couru sur le chemin de gravillon vers le creux de la vallée, là où mugissaient des moteurs et s'élevaient des colonnes de fumées. Des voix d'hommes aussi. Tout à coup, à mi-chemin dans la descente, essoufflée, au-delà de la lisière des arbres, j'ai entendu un long craquement, un bruit qui se visse dans le tympan. Je me suis prise la tête à deux mains. J'ai crié : "Faut pas qu'il tombe !" Mes cris s'en allaient sur le vent, loin, loin.

« Puis, le fracas d'une terrible chute. La terre a vibré... Quand je suis arrivée en ces parages, l'arbre déchaîné était couché de tout son long, les branches inertes : la fin du monde, la mort des secrets druidiques. Je n'avais pas su faire les gestes sauveurs. Aucun remède ne pouvait désormais remettre l'arbre sur pied.

« J'ai posé ma main sur l'écorce et l'arbre a fait un son, pour vrai, je l'ai entendu, il a gémi. Après, il y a eu un grand silence : il n'y avait pas un oiseau qui volait, pas un insecte qui stridulait ni même une tige de mil qui soupirait. Quelles catastrophes s'abattraient sur nous ? La mort de l'arbre me labourait l'âme. Tout ça était ma faute : j'avais enlevé la chaîne.

« J'ai entendu les moteurs plus loin, vers la colline. Mes pantoufles à l'envers ont repris leur course folle. Après le grand détour, je les ai vues : il y avait là deux grosses machines qui, pour aller à la colline, avaient tué l'arbre vengeur.

« En haut, la pelle et le bélier mécanique étaient prêts à raser le palais inachevé que ma mère et moi avions construit depuis dix ans de nos dentelles de roches et de patience. C'est à cet emplacement que Gilles Gaudrault-Naud voulait construire sa gloriette.

« J'ai couru pour monter jusqu'en haut et là, avec mes bras, j'ai fait de grands gestes en cerceau pour que le chauffeur s'arrête. Lui, il criait : "Pousse-toi de là !" Et sa machine s'approchait de la construction. La pelle a frappé directement dans le cœur de pierre. Le coup a fracassé les roches et la clé de voûte de l'arche d'entrée s'est écroulée. Vite, je me suis précipitée par terre, j'ai attrapé le cœur de pierre et j'ai roulé sur le sol, le ventre au ciel, le dos sur le froid des roches et mes pantoufles à l'envers, devant le bélier crachant sa fumée. Je n'avais plus que la crise pour conjurer le crime. La machine a été obligée de stopper. Au moins, j'avais sauvé le reste du palais. J'ai caressé les pierres parce que c'était le rêve de ma mère et que c'était précieux. Tout ce travail de minutie, pierre par pierre, les murs élevés lentement, avec du mortier que nous mélangions à la petite pelle. Ma mère avait-elle tout oublié ? Nos aventures au bord de la rivière, nos chasses aux lucioles, nos cueillettes de poussière d'étoiles, l'œuvre de sa vie ? Qu'allait-elle devenir ? Une morte vivante, une mère intérieure aux os croupis. Peu à peu, tout ce qu'elle adorait, ce qu'elle trouvait admirable et sacré, tout ce qu'elle idolâtrait se désagrégeait. J'ai pleuré en cachette.

« Le reste de la semaine, je suis restée seule, à m'inventer des histoires, seule pour protéger la maison des fantômes et des monstres, seule comme un bernard-l'ermite dans sa coquille. Le silence de Rapunzel dans sa tour. Aucun prince ne me sauverait. Je me sentais impuissante comme une mouche qui se débat dans une fenêtre.

« Mes arguments ne faisaient pas le poids devant les machinations du promoteur. Il n'était pas content que j'entrave ses projets. L'avant-veille du rendez-vous chez le notaire, j'ai surpris une conversation où il était question de m'inscrire dans une école d'hôtellerie, dès ce printemps, école où je pourrais apprendre la fine cuisine et le grand service. Quelle idée M. Gaudreault-Naud avait-il en tête ? Que je devienne l'hôtesse, la serveuse, la soubrette ? Il faisait rêver ma mère, lui parlait d'une grande auberge. Et je pourrais y travailler. Ma mère serait à l'aise, n'aurait plus à s'inquiéter des victuailles pour l'hiver, elle aurait costumes chics, soins de beauté, bijoux véritables, souliers fins... les mains douces, la musique, les violons. Et moi, j'aurais la télé, un ordinateur portable, un accès à l'Internet haute vitesse, une console Wii pour les jeux vidéo, un téléphone cellulaire comme en ont, il paraît, les jeunes de mon âge. Je ne savais même pas ce que c'était. Et nous aurions une automobile de l'année, des voyages dans le Sud à la saison morte... Mon univers s'effritait, j'en étais exclue. Monsieur voulait se débarrasser de moi. Pourtant, quand il me voyait, il y allait de compliments, comment il me trouvait belle, avec mes cheveux roux, mes yeux vert bouteille, mes taches de son, mes mouvements gracieux. "Que veux-tu d'autre, ma belle, qui manque à ton bonheur ? Dis-le-moi, je peux tout acheter. En attendant, voici ce que j'ai à t'offrir en gage : la pureté de vrais diamants." »

« Il me donna une bague avec des brillants dessus. Je souris niaisement. Ce que je voulais ne pouvait s'acheter. Par contre, comme notre visiteur précédant, sans doute s'imaginait-il que pour ravir le cœur de ma mère, il devait passer par le mien.

«Comme je ne portais pas de bijoux, j'ai placé la bague avec le collier d'émeraudes dans le coffret que m'avait donné ma mère. Je le fermais avec ma clé du rêve. Ces parures devaient valoir fort cher et je pourrais échanger mon précieux butin contre des vivres par saison de disette où nous n'aurions plus que quelques grains pour subsister.

«J'ai beaucoup réfléchi. La vie confortable était en train d'avoir raison des beaux rêves de ma mère. Est-ce que cette vie-là devait avoir raison de tout? Nos projets et idéaux s'étaient-ils, du coup, envolés, inutiles comme un cheveu perdu? Moi, j'observais les voisins, nos visiteurs, ce monsieur... une vingtaine d'individus qui ne donnaient de valeur qu'aux choses comptables, mesurables, chiffrables. Ils n'avaient d'autres buts que celui de vieillir sottement et pitoyablement devant un ordinateur ou un téléviseur. Et je voyais que c'étaient les rêves de ma mère qui avaient du sens, cent fois plutôt qu'une. Les autres aspects de la vie, qu'on appelait réalité, n'étaient plus que mensonge. Une femme telle que ma mère ne pouvait se contenter d'épouser un tourneur de menteries ou un brasseur d'affaires.

«Ma mère, il lui fallait de la félicité plutôt que de l'agrément, de l'âme au lieu d'un écran, du labeur plutôt que de la production, de la passion au lieu de distractions. Et à moi aussi.

«J'ai décrété que Gilles Gaudreault-Naud était un ogre qui mangerait tout si je le laissais faire. Il posséderait ma mère et son royaume comme il achetait toute chose. La fortune n'apporte pas le bonheur, disait la chanson.

«Ce jour là, j'ai vu trois coléoptères rouge cerise sur les lys indiens. "Faites que Gilles Gaudreault-Naud s'en aille pour toujours."

«Tôt, le lendemain matin, je suis descendue au lac pour ma grande toilette. C'était déjà septembre et l'eau était très froide. J'ai fait vite pour me savonner, me rincer. Quand j'ai regagné la rive pour m'habiller, je l'ai vu, bien reconnu, caché dans les bosquets. Je n'ai pas des yeux de taupe ni de flou myope dans la vue : Gilles Gaudreault-Naud était là. Il est venu vers moi, s'est excusé, disant ignorer ma présence en ce lieu. "N'aie pas peur. Je ne fais pas de mal aux petites filles." J'ai eu une mauvaise intuition suivie d'une grande peur. Je me dépêchais d'enfiler mes sous-vêtements, mais sur la peau mouillée, tout collait, s'enroulait et ne voulait pas prendre sa place. Plus il approchait, plus je m'énervais. Dans ma tête, j'entendais : "C'est un ogre, il va te manger, ne faire qu'une bouchée de toi avec son sourire juteux." Il savait très bien que, le matin, je me rendais au lac pour me laver. Il m'avait suivie, en catimini, pour me voir toute nue. Pour sûr! Trois fois, je lui ai crié : "Allez vous-en!" Je me retenais de lui lancer des insultes, je restais polie, quand même. Mais au lieu de détaler, il s'approchait, se plissant la bouche à force de me regarder. La situation m'a tendu les nerfs et j'ai frémi. Voyons, que je me suis dit, on ne fait pas des Moïra avec de la mousse des bois. Je ne suis pas poltronne!

«Alors, j'ai formulé, en n'oubliant pas la rime : "Faites que Gilles Gaudreault-Naud, ce dangereux bourreau, disparaisse à jamais. Qu'il connaisse le même sort que la Belle au Bois qui dort."

« Le lendemain matin, quand je me suis réveillée, les mêmes bruits qu'avant, le plancher qui craque sous les pas de maman, son bâillement, sa colonne vertébrale qui se déplie, son soupir. "Cœur content soupire souvent !" J'ai souri. La vie a repris. Je regardais ma mère faire ses petits gestes de l'aube : remonter ses cheveux, les nouer avec un lacet, savonner son visage et son cou, rincer par trois fois, tamponner à la serviette, boire un verre d'eau pour déloger les moutons de poussière de la gorge. Elle ne voyait pas la beauté de ce rituel, sa grandeur non plus. Moi, oui.

« J'ai cassé des brindilles, chiffonné des journaux, placé les bûchettes et allumé le feu en disant : "Ce sera une magnifique journée !"

« Plus aucune trace de Gilles Gaudreault-Naud. Encore une fois, je pouvais constater la force d'un souhait bien fait. Et nous ne sommes pas allées chez le notaire. »

13

Tranche-de-Bœuf

« Témoignage de Moïra Comté, 9 avril, enregistré par Louis Roy.

— Vous êtes enfin là ! Je vous ai dessiné un nouveau message. À lire lorsque vous vous sentirez seul.

— C'est gentil. Tu dessines à merveille et j'aime bien ce genre de jeu. J'ai conservé tous les rébus que tu m'as donnés. Je suis touché. Je voudrais pouvoir te répondre de la même façon, mais je suis pourri en dessin... Je vois que tu viens de dîner... Est-ce que tu manges à ta faim, ici ?

— Je mange tout mon soul et on prend grand soin de ma personne. Aucune raison de me plaindre pour le boire et le manger. Mais hier, j'ai demandé à l'infirmière d'aller chercher des fleurs de camomille et de tilleul, des feuilles de menthe, de l'herbe de citronnelle et de passiflore pour préparer une infusion calmante et m'éviter une autre nuit de tournis. "Impossible !" qu'elle a dit et, plus tard, elle m'a apporté un sachet : *Nuit sereine*. J'ai plutôt eu une nuit de sirène : j'ai sonné toutes les heures à cause des démangeaisons dans la jambe. Pas celle cassée. Non. L'autre. Le médecin dit que c'est bon signe, la sensibilité revient. Là, regardez la drôle de couleur de ma jambe.

— De la peau toute neuve... un peu cireuse, on dirait. Est-ce qu'on peut toucher ?

— Ah ! Ça chatouille ! Mais les picotements ne m'ont pas empêchée de dessiner. Voici le troisième et dernier portrait : Maxence Lebœuf. J'ai été incapable de rendre ses yeux à leur pareil à cause de leur lumière, leur mystère.

« Lebœuf ! Drôle de nom ! Tout de même, il a bien fallu que je le rebaptise aussi, celui-là. Tranche-de-Bœuf. Un beau grand monsieur mince, à petites lunettes rondes, aux manières très agréables. Il portait un gros sac sur le dos, un teint de plein air, une tristesse bleue dans les yeux et une impressionnante médaille au cou : l'allure d'un paladin. Dès que je l'ai aperçu, ça m'a fait chaud dans le ventre.

— Comment l'avez-vous connu, celui-là ? Une autre annonce ?

— Non. Par pur hasard. Il faisait une sorte de pèlerinage, inlassable marcheur parti de sa patrie depuis des semaines, grand voyageur aussi bien en campagne que dans les livres. Ce jour-là, je l'ai vu arriver de loin car j'étais installée dans la cabane à sucre en train d'écosser des haricots secs, près de la fenêtre qui regarde par-dessus le premier horizon. Sa démarche de grand héron m'a plu, lente et légère. Il prenait le temps d'observer les alentours. Comme il approchait, je suis sortie de la cabane. Il m'a aperçue de loin et m'a saluée en agitant le bras. Un signe. J'ai couru à sa rencontre. Il a demandé où étaient mes parents. "Mon père est un chevalier déchu, disparu depuis longtemps, et ma mère besogne au champ de haricots." Il a souri : un soleil dans une grotte. Il voulait de l'eau et après, il repartirait tout de suite. Comme il avait l'air un peu fatigué, je l'ai invité, pleine d'affabilité, à entrer dans la maison : "Quand on traverse pour la première fois le seuil d'une demeure, on a droit à un souhait. Fais un vœu, persévérant pèlerin", que je lui ai dit. Il a encore souri, fermé les yeux pour mieux se concentrer. Même clos, ses yeux magnifiques projetaient de la lumière. Ça me faisait en dedans une marmelade d'émotions.

«Pendant que j'emplissais sa gourde à la pompe et qu'il attendait sur le seuil, une fée soufflait à mon oreille, je sentais des papillonnements dans mon ventre. Je n'éprouvais qu'un seul désir : que ce voyageur solitaire ne reparte pas. Je lui ai offert une tisane à la menthe qu'il a acceptée. J'y ai ajouté quelques surprises de ma recette spéciale pour détente complète : un peu de graines de pavot broyées, racine de valériane... Rien de dangereux. Comme il n'était pas pressé et qu'il faisait un après-midi magnifique, nous nous sommes assis sur la galerie. Je lui ai tendu la main comme il se doit : "Je suis Moïra Comté, fée des destinées. Ravie de faire votre connaissance !" Un autre beau sourire. "Et moi, Maxence, pèlerin misanthrope."

«Je l'ai questionné sur sa quête, me faisant grave pour l'écouter. Il a avoué ne pas trop savoir, il venait de perdre ses parents dans un accident d'automobile. Seul héritier d'une belle fortune, il avait été

harcelé de toutes parts par des agents de place-
ments, valeurs mobilières, immobilières... Lui, il
n'avait pas le cœur à gérer l'héritage. Il ne savait
pas quoi faire avec tout cet argent. Il n'en voulait
même pas. Il était donc parti, avec son grand trou
noir dans l'âme, pour marcher sur ses larmes et
trouver un sens à la vie. Tout le jour, il cheminait,
le soir entier, il lisait. Peu à peu, ses chagrins s'assé-
chaient. Je savais qu'il disait vrai, au ton de sa voix
– il parlait tout bas, sans fébrilité – et à sa façon de
regarder droit dans les yeux.

« Maman est revenue avec deux pleins seaux
de haricots qui pesaient long au bout de ses bras.
Maxence trouvait l'image fort belle et l'a prise en
photo. Il prenait beaucoup de photos, elles lui per-
mettaient de voir le monde autrement. J'ai fait les
présentations en souhaitant que maman l'invite
pour le repas. Dès que j'en ai eu l'occasion, je l'ai
prise à part et lui ai dit que Maxence apprécierait
sûrement un repos chez nous. Elle a accepté avec
réserve. De fil en aiguille, il est resté pour le souper
qui ne s'est pas étiré longtemps car, malgré l'intérêt
que Maxence montrait envers nos propos, ses beaux
yeux bleus se fermaient et se refermaient sans cesse,
clignements entrecoupés de bâillements. Avant que
le soir tombe, ma mère lui a proposé de piquer sa
tente dans la vallée pour la nuit. Ce qu'il a fait en
s'excusant de son état de fatigue. Il ne comprenait
pas pourquoi, si tôt, il s'endormait. Mon somnifère
avait fait effet.

« Le lendemain, il a déjeuné avec nous. C'est lui
qui a préparé et servi le repas. Il avait des attentions
si touchantes que ma mère réagissait avec malaise.

Par exemple, la veille au soir, il lui avait demandé à quelle heure nous nous levions. C'est qu'il voulait être déjà debout pour nous aider à traire les chèvres et à préparer le repas. Dans son bagage, il avait du pain à levure, des fromages affinés, des oranges et des saucissons. En complétant avec les œufs de nos poules, il nous a préparé un festin. Quand maman a voulu lui donner quelque chose, il a refusé. Tout ce qu'il désirait, nous a-t-il dit, c'était un peu d'amitié.

« Après, quand il a eu terminé la vaisselle, il est reparti avec son balluchon sur le dos. Je lui ai crié : "J'espère que ton vœu se réalisera !"

« Là, je vous vois zieuter votre montre.

— C'est navrant... J'ai un autre rendez-vous et je dois interrompre ton récit.

— Bon, demain, je vous dirai, pour le vœu et la suite. »

14

Le survenant

« Témoignage de Moïra Comté, 10 avril, recueilli par Louis Roy.

— Hier soir, j'ai fait un vœu, moi aussi. Un vœu avec votre nom dedans. Louis Roy. J'aime ce nom.

— As-tu souhaité me faire disparaître, comme les autres ?

— Ah non ! Pas du tout ! Mais je n'ai pas le droit de vous le dévoiler... Interdit ! Je dois le garder secret tant et aussi longtemps qu'il ne se sera pas réalisé. Peut-être un jour...

— Qu'est-ce que tu caches, derrière ce sourire enjôleur ?

— Un sourire enjôleur ? Moi ? Ça me donne chaud aux joues, ce que vous me dites. Changeons de sujet. Parlons du vœu de Maxence Lebœuf... Bon. Une semaine après son départ, qui donc revient par le chemin le long de l'étang ? Eh oui ! Le grand Maxence avec sa démarche chaloupée, un brin d'herbe entre les lèvres, sourire avenant, bonne figure. Il avait enfin découvert le but de sa quête : nous aider. Il en était convaincu : c'était pour nous trouver qu'il avait erré et, si ma mère était d'accord, il resterait le temps qu'elle voudrait pour nous prêter main-forte. Il savait quoi faire, maintenant, de son héritage : le donner à ma mère. Tel était son vœu. Ma mère était très réticente, plus méfiante, réservée ou prudente qu'elle ne l'avait été avec les deux premiers. Moi, j'étais ravie. Il m'inspirait confiance, le Maxence. De mon côté aussi, j'avais souhaité qu'il revienne. J'espérais tant que maman dise oui.

«Elle a mijoté cette idée pendant un moment et, finalement, elle lui a permis de s'installer pendant un mois. Nous verrions ensuite.

«Il a piqué sa tente pas loin de la bergerie et s'est mis à la tâche. Vous dire le travail de bras qu'il abattait dans une journée! Il s'est d'abord attaqué à la corvée du bois de chauffage : bûcher, scier, fendre... Les corvées ne lui faisaient pas peur. Comment ce lecteur de livres poussiéreux pouvait-il manipuler la cognée de la sorte? Il était fort en muscles, des muscles longs qui font des nervures fermes sous la peau. Il a organisé la bergerie pour l'hiver, améliorer l'isolation pour protéger nos chèvres contre la maladie, il a fauché les tournesols et je l'ai aidé à extirper les graines pour en tirer l'huile pendant que maman faisait des confitures de citrouille. Il chantait en travaillant, avait de l'esprit et me faisait rire. Malgré sa jeunesse, il lisait des ouvrages écrits il y a cent ans et parlait du passé, comme une armoire de souvenirs en conserve. Il me parlait de ses lectures : Rousseau, Dostoïevski, Hermann Hesse, Camus, Gide... Son beau sourire triste me charmait.

«Sa médaille m'intriguait. Sur l'avers, on pouvait voir une feuille d'érable au milieu d'une couronne de laurier, toutes deux en or sur fond argent. L'envers portait un monogramme EIIR et une couronne royale avec l'inscription *Bravery, Bravoure*. Au centre, on aurait dit qu'elle avait été martelée de nombreux coups de pic. Je lui ai demandé où il l'avait trouvée. Elle lui avait été remise par la gouverneure générale du pays car il avait accompli un acte de bravoure. Imaginez! Avait-il sauvé quelqu'un, une princesse prisonnière, des enfants qu'un ogre menaçait de manger? Pas du tout! Quand ses parents ont eu l'accident d'auto, il était avec eux, sur la banquette arrière. Ils étaient venus le chercher en ville. Ce jour-là, il pleuvait des clous et il était trempé. Son père conduisait. L'auto a fait de l'aquaplanage et a percuté un arbre en bordure de route. Après, elle a pris feu. Maxence a foncé sur la banquette avant, très vite, et a réussi à détacher la ceinture de son père. Il l'a sorti de l'auto. Il a voulu aller chercher sa mère, mais l'habitacle était en feu. C'était trop tard. Cent fois après l'événement, il avait refait le scénario dans sa tête où il réussissait à la sauver. Pourquoi n'avait-il pas d'abord défait la ceinture de sa mère? Parce qu'elle était inconsciente et ne bougeait pas. Son père, quant à lui, hurlait, s'affolait et Maxence était allé vers lui en premier... Voilà pourquoi il avait reçu cette médaille. Pour avoir sauvé son père des flammes. Mais le pauvre homme était mort quelques semaines plus tard, après d'atroces souffrances tant et si bien que bravoure et médaille avaient laissé à Maxence un goût bien amer. Dans un élan de rage, il s'était acharné à vouloir percer la médaille avec un marteau et un poinçon.

«Quel destin cruel! Pour avoir voulu sauver ses parents, voilà qu'il se sentait coupable d'avoir abandonné sa mère, d'avoir sorti son père mais pour le voir agoniser dans les pires douleurs et, finalement, avoir eu la vie sauve parce qu'une pluie avait trempé ses vêtements. Maxence n'arrivait plus à trouver de sens à sa vie, voire à la continuer. Cette médaille, il la portait comme on porte une croix. À travers son périple, notre rencontre lui a fait l'effet d'un rayon de soleil après un long hiver.

« Moi, je le trouvais grand, immense, admirable. Comment son cœur pouvait-il tenir dans sa poitrine ? Et le mien… il battait jusque dans mes orteils quand Maxence me regardait. Il était un héros et il ne devait plus porter cette médaille comme un châtiment. Comment l'en libérer ?

« À l'automne, Maxence est allé quérir de nouvelles chevrettes. Avec le lait, nous pourrions faire des crèmes, des savons, du fromage, nous avait-il dit, pour justifier son entreprise. Nous pourrions filer plus de laine… Son initiative me souriait. Maxence fourmillait de projets. Selon lui, la terre était assez vaste pour semer, au printemps prochain, une parcelle de blé, pour la farine et le son. Et toutes ses chansons. La belle humeur dès le réveil.

« Le soir, quand le ciel se mélangeait dans ses couleurs, Maxence revenait des champs, la chemise collée par la sueur. Sa silhouette se découpait sur l'horizon, comme un géant. J'allais le rejoindre en courant et il m'attrapait au vol.

« Et puis l'hiver est arrivé, avec sa neige, beaucoup de neige, qui a tout enseveli.

« Au bout d'un temps, une voix a surgi dans ma pensée, sans que je l'entende venir, une petite voix vacillant sur la pointe d'une idée. Comme un nuage qui apparaît en plein ciel sans qu'on l'ait vu naître à l'horizon : ma mère ne dormait plus jamais avec moi. Que faisait-elle avec Maxence, le soir, quand j'allais dans mon petit lit? Ce n'était pas un nuage rose, cette idée-là. Plutôt morose. Et un nuage en amène un autre et je me suis mise à imaginer noir : ma mère lui racontant des histoires pour le garder près d'elle. Lui qui l'écoutait en souriant et elle, encouragée, de lui raconter encore et encore, jusqu'au matin. Pour envelopper son survenant. L'idée tournoyait, creusant un sillon dans ma tête, une fourmi qui creuse sa galerie. Il fallait que je sache, pour faire cesser ce rongement. Je leur ai dit : "Je sors voir aux poules, soigner les chèvres, faire la traite et écurer. Je vous donne congé."

«J'ai fait semblant d'aller vers la bergerie, suis revenue par derrière la maison, en enjambées feutrines sur la neige. Et j'ai vu par le carreau, celui par lequel jamais n'entre le soleil. Les idées ennuagées ne sont pas toujours bonnes. J'aurais dû aller à la bergerie. Pour vrai. Le lait et les œufs sont meilleurs pour l'estomac. Là, ce que je voyais par le carreau me coupait le souffle, me tailladait le ventre, avec, dedans, mon cœur qui oubliait de battre. En moi, une mare de boue remuait sa glaise. On sait que ça bouge, mais on ne sait pas trop ce que c'est et on n'ose pas y mettre la main. On ne veut pas trop savoir...

«Maman et Maxence buvaient des alcools aux petits fruits. Maxence adorait la liqueur de mirabelles. Tous les deux en avalaient, la dégustant, verre après verre. Ils riaient. Je n'y voyais rien de drôle. J'avais déjà entendu cette expression : "Qui boit sans soif la veille aura gueule de bois au réveil!"»

« Maman a dit quelque chose et a fait un signe de la main. Ils ont déposé leurs verres. Elle s'est levée, est sortie de la pièce pour revenir avec une boîte de carton qu'elle a tendue à Maxence avec un grand sourire. Il l'a ouverte avec des yeux grands comme des soucoupes, le visage enchanté. Il en a sorti une paire de bottines minuscules, toute neuves. Ma mère les avait donc achetées, ces bottines ! Et pourquoi ? Si petites ! Personne ne pouvait y mettre le pied. En plus, elle avait encore manqué à sa promesse. Je n'y voyais rien de bon. Maxence a pris ma mère dans ses bras et l'a étreinte follement, l'étouffant presque. Ils rigolaient, ils pleuraient. Il a pris sa main, l'a caressée. Puis, ce fut l'épaule, la taille, le visage... Comment était-ce possible ? L'un près de l'autre, le cœur en miel et les yeux de velours, ils ne discouraient plus à s'explorer l'âme, l'esprit et le reste. Oh non ! J'épiais leurs gestes, mais leurs mots restaient comme des chuchotements puis des ahanements qui me faisaient l'effet d'autant de coups de quenouilles en plein cœur.

« Je me suis réfugiée dans ma chambre. J'essayais de me changer les idées, mais toujours me revenait l'image de Maxence enlaçant ma mère. Qu'est-ce qui me donnait cette hargne de fée Carabosse ? Je me répétais que tout allait bien sur la ferme, dans nos travaux, dans notre palais. Ma mère était heureuse, Maxence aussi.

« Je n'ai pas eu de sanglots tout de suite. J'aurais voulu avoir un cœur de pierre, dur et froid, comme le Thomas de l'histoire. Là, je ne savais pas pourquoi... mon cœur avait si mal, plein de gravillons dedans. Puis, ce fut des frémissements, des gémissements et je me suis mise à geindre de plus en plus fort. De l'eau salée me noyait les yeux, trempait mon oreiller. Pourquoi avais-je autant de peine ? Ma mère me manquait, la vie me faisait défaut, l'amour aussi. J'avais l'impression de mourir. L'univers se refermait sans moi, tout me devenait hostile malgré l'ultime force que j'y mettais.

« Maxence est entré pour me réconforter. Ma mère s'était endormie au salon. Il avait le vague à l'œil et parlait doucement, m'a prise dans ses bras. J'étais si contente. Il m'a dit qu'il comprenait ma peine et qu'il serait à jamais mon ami, mon frère, mon deuxième père... Je serais sa petite princesse.

« J'ai fait chut ! du doigt sur ses lèvres. Moi, je n'avais pas besoin de l'amour d'un père, d'un frère ou d'un ami. J'aurais voulu qu'il fît de moi SA reine, qu'avec moi, il perde sa solitude et son célibat et que nous vivions heureux avec beaucoup d'enfants. Je voulais l'idolâtrer à me rompre les os, à jamais.

« Mais il disait que j'étais trop jeune, que je n'étais encore qu'une fillette. Une fillette ! Moi ? J'étais plus grande que ma mère. Avait-il à ce point les yeux troublés par l'alcool ? Et il a continué son boniment : sa reine, il l'avait choisie, c'était ma mère. Il ne pouvait y en avoir deux. Elle venait d'ailleurs de lui annoncer une merveilleuse nouvelle : elle portait un enfant de lui. Là, j'ai compris, pour les bottines. Et j'ai pensé qu'acheter des vêtements de bébé portait malheur avant le troisième mois de grossesse. Madame Saint-Cyr l'avait dit.

« J'ai couru dehors. Il faisait froid. Dans le ciel sombre, j'ai vu trois corneilles. Noires et dures comme mes idées. J'ai souhaité : "Faites que Maxence Lebœuf, plein comme un œuf, disparaisse comme un caillou lancé n'importe où."

« Avant qu'il disparaisse, pendant son sommeil, j'ai eu le temps de le libérer de sa médaille que j'ai conservée dans mon coffre à bijoux où j'ai aussi rangé mes chagrins.

« Après, je me suis couchée pour que mon souffle cesse d'être si rapide. Le lendemain, Maxence Lebœuf n'était plus là.

« Voilà, vous savez tout, pour vos trois hommes disparus. Vous pouvez faire un rapport, m'accuser d'avoir formulé des souhaits, avec la plus grande ferveur. D'avoir, avec ma mère, chéri un rêve grandiose mais pourtant si simple et de l'avoir laissé se perdre. D'avoir permis aux autres de le saccager. Maintenant, voilà ma mère muette, enfermée dans une maison de fous... et moi, collée aux draps d'un lit d'hôpital... Je ne sais même pas si je pourrai encore marcher, courir aux champs, danser... Bien sûr, ces problèmes sont loin de vos préoccupations. Seule votre enquête compte... Votre travail ! Et vous allez m'envoyer croupir en prison, comme un moustique dans une toile d'araignée, pour avoir fait des vœux, jadis, alors qu'aujourd'hui je vous fais ces aveux.

— Voyons, calme-toi. Ne pleure pas...

— Pleure pas, pleure pas ! Facile à dire ! J'aimerais bien vous voir à ma place. Plus rien, plus personne, même plus mes jambes pour m'en aller... Et vous, vous allez éteindre votre boîte enregistreuse et ne reviendrez plus. »

*

«Complément du témoignage de Moïra Comté, 11 avril, recueilli par Louis Roy.

— Qu'est-ce que vous faites encore ici aujourd'hui, en plein samedi? Votre enquête n'est-elle pas terminée? Vous faites du temps supplémentaire?

— Au bureau, l'équipe a écouté ton témoignage. Le patron trouve que c'est flou, il aimerait qu'on éclaircisse quelques points.

— Quel gourmand! Il en veut toujours plus! Encore et encore! Mais regardez plutôt, Monsieur Louis, je bouge la jambe, les orteils des deux pieds! Évanouie, l'infection! Disparue, l'enflure! Les sutures ne coulent plus. Je ne perdrai pas ma jambe. Le médecin en est certain. Grâce à ma constitution de fer, qu'il a dit.

— Voilà une bien bonne nouvelle! Et est-ce que tu remarcheras?

— Oh oui! J'ai fait un souhait, hier... Pour vrai. Mais qu'est-ce qu'il veut savoir, votre patron?

— Ce qu'il s'est passé après? Après le départ de Maxence, comment était la santé de ma mère? Il nous manque trois mois dans l'histoire.

— Très bien. Je m'en vais vous les reconstituer. Bon... Après... Après, les choses ne se sont pas passées comme je l'espérais. Chaque fois que je réglais un problème, un autre survenait. Ma mère s'est mise à fondre... en larmes. Elle disait qu'elle portait malheur et que tous ceux qu'elle avait aimés l'avaient abandonnée. Je lui disais: "Je suis là, maman, je m'occupe de toi, de tout! Fais un vœu, petite grenouille! Je t'en prie, fais un vœu!" Et elle m'a répondu, fermement: "Moïra, la pensée magique est une aberration!" Là, j'ai conclu qu'elle allait très mal.

«Elle a perdu la voix. Comme si elle avait avalé le néant. Pire, elle ne bougeait presque plus. Si elle se levait, le matin, c'était pour se rendre à la chaise berçante devant la fenêtre qui donne sur le chemin. Elle regardait, attendait, les yeux englobés de brouillard, avec des cernes au-dessous, des cernes grands comme des sacs de guenilles, et la bouche vinaigre. Là, tous les jours, je la retrouvais. Je la lavais, la coiffais, lui lisais des histoires, cherchant à dire les choses qui la feraient penser joliment. Je lui préparais des repas, mais elle vomissait tous les matins. Je m'occupais des travaux de la ferme, mais toute seule, je n'arrivais pas. Ma mère maigrissait à vue d'œil. Sa peau devenait blanche comme le ventre d'une grenouille. Elle n'émettait plus que des borborygmes ou des hoquets, se couchait en boule et dormait, dormait. Je savais qu'elle ne s'était pas piquée à la quenouille du rouet puisque je l'avais cachée. Elle allait plus mal de jour en jour, avec ces tourbillons d'ombre dans les yeux. J'avais peur de cette peine qui la faisait dépérir. Peur qu'elle meure. L'hiver était bien amorcé et il a fallu que je prenne une décision : trouver du travail en ville, gagner de l'argent pour acheter ce qui lui manquait.

«Le lundi, je me suis lavée et arrangée de mon mieux pour aller au village à vélo dans la neige. J'ai pris un autre nom, poussée par la gêne, je ne voulais pas qu'on m'identifie au personnage de la série télévisée, au cas où les émissions auraient été présentées à l'écran. En ville, j'étais Claire.

«Je n'étais pas idiote, je savais tout faire, même la cuisine, et je parlais assez bien... J'ai trouvé un emploi dans une boulangerie sur la rue Principale.

Je parlais peu aux clients, seulement du soleil et de la neige, jamais un mot sur l'état de ma mère. Je me souvenais de sa consigne : "Crois en toi, ne fais jamais confiance aux autres."

«Avec mon salaire, j'achetais de la nourriture, des médicaments... Je ne voulais surtout pas que ma mère s'en aperçoive et, pendant qu'elle dormait, je transvidais tous les contenus dans nos pots de verre et boîtes en fer blanc, puis je portais les emballages commerciaux au recyclage. Comme les déplacements à vélo devenaient de plus en plus ardus dans la neige, j'ai demandé au voisin, M. Saint-Cyr, de voyager avec lui. Chaque matin, il partait en ville et revenait en fin de journée. Il travaillait au bureau de poste.

« Le matin, j'installais ma mère près du poêle que je bourrais de bûches. Quand le feu était rouge et chaud comme un enfer, je pouvais partir. Je laissais près de maman des rations de nourriture, de l'eau, du jus, des livres et de la tisane. Elle était dans un tel état de torpeur qu'elle ne s'apercevait pas que je partais ou que j'étais là. Il fallait surtout qu'elle se repose et j'ajustais ses doses de valériane, de pavot et de chanvre. Sa mémoire avait de plus en plus de ratés. Moi qui l'aimais plus que tout au monde, je cherchais par quelle fenêtre la faire revenir... J'ai eu l'idée de laisser près d'elle un cahier et un crayon. Un soir, elle avait écrit. J'ai pleuré grandement de joie en lisant son *Il était une fois*. Ainsi est née cette histoire de fissure dans le plancher que je nourrissais chaque jour, préparant mes petits tours pour relancer l'écriture de ma mère. J'étais son bon remède, son lutin qui porte chance, celui qu'il faut adopter et garder toujours. Je laissais des cadeaux, des souvenirs pour qu'elle retrouve son passé dans cette armoire à rêves.

«Elle reprenait vie, mangeait, cherchait, fouillait dans la maison pour éclaircir les mystères. Elle avait un but. Et je me sentais de plus en plus soulagée.

«Dans ce jeu avec ma mère, toutes mes péripéties étaient prévues, pendant vingt-et-un jours, parce que j'avais fait le souhait qu'au printemps, le 21 mars, ma mère émergerait avec le soleil. Le premier du mois, je lui avais donc laissé un rébus qui disait : "de retour dans trois semaines". Trois semaines, avec des soins, du repos et de bons remèdes, c'est bien suffisant pour guérir d'une fatigue du cœur ou de l'engourdissement du cerveau. Mon but était presque atteint et j'allais pouvoir la retrouver, la vraie, grâce à mes espiègleries. Je lui remettrais un conte réinventé juste pour elle. Un beau conte que j'ai mis beaucoup de temps à bricoler, avec des petites étiquettes-mots découpées dans le vieux livre de *Rumpelstiltskin* et recollées une à une sur des feuilles... Mais j'ai dû mal formuler mon souhait car, ce vingt-et-unième jour de notre formidable jeu, l'univers a encore conspiré et a jeté un pépin dans l'engrenage.

«C'était un vendredi, dernier jour de travail de la semaine. Le matin, j'étais partie avec M. Saint-Cyr pour aller à la boulangerie. J'avais sur moi mon coffret à bijoux. Dedans, bien pliée, ma surprise pour ma mère que je voulais terminer pendant l'heure du dîner. À retour à la maison, tout serait prêt.

«En mars, le vent laisse parfois aller sa méchanceté. Ce jour-là, on l'entendait grimper le long des murs et, sans cesse, il flagellait les roseaux, les arbres, les maisons. Tout se plaignait dedans et dehors. Le matin, en me rendant chez les Saint-Cyr, j'ai dû m'agripper trois fois à des poteaux de clôtures pour ne pas être emportée.

«Au retour, en fin d'après-midi, M. Saint-Cyr ne voyait ni ciel ni terre pour se diriger. Dans la plaine, avant d'arriver chez nous, le vent prenait tout son élan. Et puis, il avait tellement neigé que, de chaque côté de la route s'élevaient des bancs de neige hauts comme des murs. La poudrerie tourbillonnait entre ces murailles blanches. Dans la voiture, pas un mot, rien que la plainte du vent. À un moment donné, M. Saint-Cyr est allé trop à droite et l'auto s'est immobilisée dans une lame de neige. Il a échappé quelques jurons puis a fait des manœuvres : avance, recule, avance encore un peu... Plus rien. Il s'est enlisé davantage. En colère rouge, il a juré comme un bûcheron et m'a dit de l'attendre, qu'il allait chercher de l'aide. Il faisait déjà noir. Je m'inquiétais : ma petite maman, toute seule, le froid, le vent, mon très grand retard, le coffret avec la surprise que je devais placer dans le trou du plancher. Je ne sais pas combien de temps j'ai attendu. J'avais coupé le moteur et la radio car M. Saint-Cyr mettait une éternité à revenir. J'avais peur. Je n'en pouvais plus d'attendre et j'ai griffonné, sur mon coupon de caisse, un rébus qui disait : "suis rentrée à pied, merci beaucoup."

«J'ai pris mon sac de victuailles, j'ai enfilé ma tuque, fait faire trois tours à mon foulard, remonté mon col. Environ un kilomètre me séparait de notre maison et je calculais qu'il me faudrait tout au plus vingt minutes pour y arriver. Aucune auto, personne, que du blanc entre les murs de neige qui flanquaient le chemin, que le vent qui murmurait des choses terribles entre les pieux des claies. L'air se respirait comme des cristaux. Le vent couvrait la peau de mon visage de duvet glacé. Soudain, à travers la tempête, j'ai perçu un bruit de moteur. Sûrement la dépanneuse qui s'en venait, laquelle me prendrait et me ramènerait chez moi. Je me suis retournée, j'ai plissé les yeux dans le grésillement des flocons, prête à faire les signes nécessaires pour qu'on me voie. J'ai d'abord aperçu la lumière tourniquet au-dessus du nuage de neige. C'était merveilleux! Sur le coup, j'ai pensé à *La petite fille aux allumettes,* à la joie et aux visions merveilleuses qui apparaissaient chaque fois qu'elle craquait une allumette. J'ai déposé mon sac d'épicerie et j'ai agité les bras. Le phare tournant approchait très, très vite. Trop tard, je me suis rendue compte de ma méprise. Ce n'était pas la dépanneuse, mais la déneigeuse, avec sa mâchoire d'acier, qui avançait avec toute sa force pour dégager le chemin. Le conducteur ne m'a pas vue, j'ai empoigné mon sac d'épicerie et j'ai couru pour trouver une entrée, couru comme une aveugle, avec la main qui gigote devant pour faire le chemin. Mais il n'y avait pas de maison dans cette partie du rang. Alors, j'ai voulu escalader la congère de neige. Il m'aurait fallu deux secondes de plus. La gratte m'a heurtée. J'ai été éjectée sur la falaise avec l'avalanche de neige et les denrées, le savon, le papier hygiénique qui volaient tout autour.

«Après, plus rien.

« Je me suis retrouvée ici. Le reste, c'est le personnel qui m'a raconté, tout le temps que les ambulanciers ont mis à retracer ma provenance parce que je n'avais pas de papier, pas de numéro de téléphone, que c'est M. Saint-Cyr qui a su tout expliquer. Le lundi matin, comme je n'étais pas allée le rejoindre pour me rendre avec lui au travail, il s'est s'inquiété. Il est passé à la maison et c'est ma pauvre mère qu'il a trouvée, seule depuis trois jours, dans un piteux état. C'est terrible ! Je n'aurais pas dû la laisser, ce jour de tempête. Si vous devez m'arrêter, ce sera la raison. Fin de l'histoire. Je n'ai plus rien à dire. Vous pouvez fermer votre boîte à enregistrer. »

Moïra s'est redressée et a fermé elle-même l'appareil, s'est tournée vers Louis, les mains suppliantes, le regard quémandant :

— Je vous ai avoué mes vérités, mais avant de me jeter en prison, s'il vous plaît, rendez-moi un service : prenez le coffret, dans la poche de mon manteau. Portez-le à ma mère. Dites-lui que c'est de la part de son lutin. Il est fermé à clé, mais maman a le double.

Louis Roy ouvrit le placard, fouilla dans le manteau suspendu au crochet.

— Moïra, je voudrais bien te rendre ce service, avec grand plaisir. Mais j'ai beau chercher dans toutes les poches, il n'y a pas de coffret, pas de conte, pas de petits papiers... Tu as imaginé tout ça.

— Comment ? Rien ! Vous en êtes sûr et certain ? Ah ! Quelqu'un a volé mon conte ! J'ai perdu. C'est fini.

— Tout de même, ta vie ne tient pas à ce conte. Celle de ta mère non plus. Pour toi, les choses peuvent s'arranger. Dans tout ce que tu m'as raconté, rien, absolument rien ne peut constituer un motif d'accusation en tant que tel. Au contraire... Je ne vais pas te jeter en prison. Quant à ta mère... on ne peut rien tirer d'elle. Pas un mot. Elle souffre d'amnésie, ne parle même plus. On ne sait pas si elle en a perdu la capacité ou si elle refuse de le faire. Je vais être franc : c'est comme si son esprit avait chaviré. On ne sait pas quand elle retrouvera la raison. Elle n'est donc pas en état de subir un procès.

— Est-ce qu'elle chante ? Écrit-elle, au moins ?

— Non, rien. Elle n'invente plus d'histoires.

Les deux mains de la jeune fille, toujours agitées comme des oiseaux lorsqu'elle parlait, tombèrent de chaque côté d'elle, inertes. Elle a tourné la tête vers la fenêtre pour que Louis Roy ne voie pas son chagrin. Les larmes : des enfantillages. Seules les petites filles pleurent pour des histoires qu'on leur refuse. Louis a quitté sa chaise, s'est approché du lit, lui a pris la main.

— Nous avons toujours besoin d'histoires, Moïra. Moi le premier.

*

Le lendemain, on livra à Moïra un énorme bouquet avec des mots sur un petit carton : «Charmante conteuse, me permettras-tu de te visiter jusqu'à complète guérison ou jusqu'à plus soif de tes sons ? Un fidèle auditeur, Louis»

Elle sourit en pensant au vœu qu'elle avait formulé à son sujet.

De tous les rois des temps
Faites que ce soit Louis
Qui devienne mon sultan
Pour mille et une nuits.

Après tout, elle le trouvait plutôt joli garçon, ce Louis. Un peu frêle, mais nerveux et plutôt agréable. Elle se disait qu'il ferait un bon parti, résistant et sûrement courageux. En souriant, elle se mit à dessiner un rébus qu'elle lui offrirait à sa prochaine visite.

15

Chaussure à son pied

Perchées sur les anciens fils électriques près de la fenêtre, les hirondelles enfilent des crescendos de gazouillis. Joyeux réveille-matin! Moïra ouvre les yeux. Le soleil gicle sur le mur, cascade jusqu'au plancher. Voilà le mois de mai et il fera chaud aujourd'hui. La toiture s'étire au soleil, avec ses petits craquements. Moïra aime les bruits de la maison. Elle baille en souriant, étend le bras vers le côté gauche du lit; la place est vide. Sur l'oreiller, un billet :

> *Encore ce matin, je t'ai regardée dormir. Je voudrais te séduire par les mots. J'ai pensé à la poésie, à ton corps qui a une grâce particulière que je ne saurais nommer, dont je ne saurais quoi dire parce que ce n'est pas traduisible en mots. Je suis parti de tes couleurs et de l'image du feu.*

> *Tes lèvres goûtent un vin où ma vertu s'évade*
> *et grisée veut renaître à ta bouche à jamais,*
> *Ta peau m'embrase avant que je l'embrasse*
> *Ah! Mourir dans le brasier qui enflamme ta personne.*

Au loin, elle entend des coups réguliers frappés à la masse. Louis a dû se lever aux aurores; il est déjà au travail. Vite, elle se lève en chantant, prépare la tisane. Elle tire le rideau de la cuisine. Dans le champ d'en bas, elle aperçoit Louis, outil en main, en train de planter la nouvelle clôture avant l'arrivée des deux vaches qu'il a achetées. Elle lui souffle un baiser sur sa main.

Faites que cette journée
Lui soit belle et sans nuage
Comme l'annonce d'un nouveau-né
Fait le bonheur des mages.

Il rentrera pour dîner. Elle lui préparera une omelette comme il l'aime. Elle dispose, comme à l'habitude, les trois couverts sur la table.

*

Louis dépose la masse, se dresse, respire un bon coup. Il se doutait bien que cette tâche lui arracherait les reins. Il regarde vers la maison et aperçoit, par la fenêtre, la lumineuse Moïra et le baiser qu'elle lui souffle. Il sourit. Du coup, son mal de dos s'évanouit. Il regarde le pacage à clôturer. Quelle corvée ! Une tâche de titan. Il en aura sûrement pour la journée. Il rit. De cet amour, de la détermination et de la force qu'il lui procure. Que ne ferait-il pas pour sa belle Moïra ? Il lui a promis, pour les vaches : le lait, le beurre, la crème fraîche, les veaux, la viande.

Avant le repas, il entreprend le deuxième côté du champ, celui qui borde la route. Il avance de quatre pas, enfonce la barre de fer, la pousse à droite, à gauche, devant, derrière, la relève, pique plus fort, plus creux, recommence. Quand le trou est assez profond, il y enfonce le piquet de cèdre qu'il cloue solidement dans la terre à coups de masse. Encore quatre pas. À deux bras, il s'apprête à percer le sol avec la pointe mais s'arrête net. Par terre, à travers les longs foins morts et quelques débris d'épicerie, il aperçoit un objet rectangulaire, gros comme une livre : un coffret à bijoux, sale, rouillé, oublié là depuis plusieurs saisons.

Avec son canif, il force la serrure. Dedans, des feuilles jaunies, pliées en quatre, qu'il déploie minutieusement. Un texte composé d'une mosaïque de mots découpés et collés avec soin. Il lit :

Pour ma mère

Il était une fois une fille d'une grande beauté nommée Rumpelstiltskine. Elle vivait dans un château avec une reine dont les pays voisins vantaient les qualités.

Un roi s'arrêta un jour pour bavarder un peu, se rendre intéressant, faire valoir ses talents. La reine n'en revenait pas de voir un homme aussi habile, il connaissait tous les noms des pays. Le lendemain, il se présenta encore au château.

La jeune fille le surnomma Moustache-de-Souris. Elle avait le cœur serré de voir le château soudain rempli de ce drôle d'homme. Ne sachant que faire, elle s'assit seule dans sa chambre. Sa vie était menacée. Ayant peur, elle se mit à pleurer. Alors, la porte s'ouvrit et le roi entra.

— Bonjour, jeune fille. Pourquoi pleures-tu à chaudes larmes ?

— Le soleil est à peine levé dans ma jeune vie et déjà, l'aube est plus triste que mes nuits.

Son chagrin finit par émouvoir le roi.

— Que pourrais-je te donner qui te consolerait? demanda-t-il.

— Un collier, proposa la fille.

Le lendemain, le roi lui remit un collier, puis il s'assit près d'elle et lui prit la main. Seulement, voyant tout l'or dans les yeux de l'enfant, les trésors de son cœur, il se frotta les mains, il en voulait plus encore, jusqu'au petit matin.

La jeune fille avait toujours su comment changer la paille en or. La reine avait tout fait afin qu'elle apprenne.

Quel diable a soufflé cet homme? Personne n'en peut rien savoir.

Puis vint Gigot-d'Agneau qui voulait lui aussi la reine et la fille en prime.

La jeune fille sut quoi faire et se remit à pleurer. La porte de sa chambre s'ouvrit et notre deuxième homme entra. Elle dit :

— Je suis horrifiée car je dois filer dans un autre pays. On m'envoie à l'étranger.

— Comment transformer ces larmes? Que veux-tu?

— Une bague, répondit la jeune fille.

Et il enleva la bague de son doigt. La jeune fille la prit et se mit à parler avec courtoisie.

L'homme lui proposa toute la richesse de son royaume, pourvu qu'elle lui laissât toucher son pied. Elle consentit. Ce dernier fut fou de joie, mais il estima qu'il n'en avait pas assez, il en voulait toujours plus, encore et encore.

Avec la quenouille, la jeune fille transforma, une fois encore, la paille en or.

Quel diable a soufflé le deuxième homme de paille ?

Le troisième s'appelait Tranche-de-Bœuf.

À peine la jeune fille fut-elle seule qu'elle se mit à pleurer. Cet homme se montra et elle lui demanda :

— Si tu prononces mon nom, je t'épouserai.

L'homme secoua la tête et répondit :

— Mais tu es une petite fille. Que pourrais-je te donner d'autre pour te garder ?

— Ah ! soupira la jeune fille, toutes les richesses d'un royaume ne seraient pas assez. Non, dit-elle, je préfère quelque chose de vivant à tous les trésors. Promets de faire de moi ta reine avant l'aube.

L'homme ne voulut rien savoir. Au lendemain de ses voyages où il avait questionné les gens du pays, il avait appris que, de tous les noms qui existent, un seul avait mis le feu : celui de la mère. Et il ne souhaitait plus qu'une chose : qu'elle lui donne un enfant.

Ce n'est pas comme ça que les choses vont se passer, se dit la fille.

Et comme il ne fit pas à la fille ce qu'elle souhaitait, il n'échapperait pas à la mort.

Dans sa rage, elle attrapa encore une fois la quenouille et frappa avec tant d'énergie qu'il se déchira. Puis, elle l'enfonça lui aussi tout entier sous la terre.

Le lendemain, il avait disparu et l'or brillait sous la montagne.

Vous comprenez aisément que Rumpelstiltskine se réjouit d'oublier le nom de ces trois hommes de paille. Elle avait sauvé la reine, son château et sa vie. Et la reine vécut heureuse en compagnie de sa fille chérie jusqu'à la fin de ses jours.

Au fond du coffret, une médaille de bravoure abimée et une grosse clé rouillée burinée du chiffre 333. Collés sur un billet, des mots découpés dans un journal et un rébus : « VOICI LA CLÉ DE L'AMOUR. ET MOI, JE T'AIMERAI TOUJOURS. »

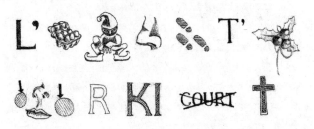

La barre de fer dans une main, le coffret dans l'autre, Louis se dirige vers les petites maisons. Sa pensée se brouille. Il tente de rester calme, de ne pas conclure au pire. Ce n'est qu'une histoire, un simple conte, réinventé à partir d'un vieux livre, un jeu de petite fille. Mais à chaque pas, lui revient une question : « Qu'est-ce qu'elle a fait ? Qu'est-ce qu'elle a fait, au juste ? » Chaque enjambée soulève d'autres questions. Ses pas le mènent tout droit au vieux puits. Il tourne la grosse clé dans le cadenas, défait la chaîne, pousse le couvercle, plus fort, plus loin. Les rayons du soleil s'engouffrent dans l'ouverture scellée depuis trois ans.

Rien ne reste blanc. Trop de blanc aveugle. Trop de soleil fait fondre la neige en nappes brunâtres, trop de lumière flétrit le lys. Le papier se craquelle et se souille, la justice se fane, le blanc de la robe de mariée devient cassé, les nuages s'assombrissent, le cygne nage en marée noire et les pensées s'entachent. Des carcasses d'automobiles, blanches jadis, rouillent quelque part au fond d'une vallée. Rien ne reste blanc. Ni même les os d'hommes de paille au fond d'un puits sombre, à l'abri des regards et de la lumière.

Louis devine, dans les reflets de l'eau, le miroitement doré sur les tissus osseux de trois squelettes, maintenant lisses et propres, éblouissant comme de l'or. Ses yeux se mouillent. Sa belle Dame Blanche se moire. Voilà comment elle a cru changer la paille en or dans ce puits.

Il replace la plaque de béton sur l'ouverture. Le souffle court, les tempes battantes, les dents serrées, il attrape la barre et va directement vers la maison, une idée fixe en tête.

Quand il ouvre la porte, elle est là, tout sourire. Avec ses cheveux qui n'en finissent plus d'éblouir et ses yeux trop amoureux. Langoureusement, elle s'avance vers lui. Elle sourit trop, de trop de joie, trop belle. Elle chuchote :

— Mon Roi! Il y a longtemps que je t'attends. J'avais si hâte que tu reviennes. Avant de te dire... Je voulais être certaine. Depuis plusieurs jours, j'avais un doute. Aujourd'hui, j'en ai la certitude. Je veux te transporter de bonheur autant que je le suis.

Elle prend sa main, l'attire vers elle, la pose sur son ventre.

— Il y a un petit lutin de toi, là dedans. Mon amour, mon bonheur... Promets que tu ne nous abandonneras jamais. Fais-en serment.

Elle lui prend délicatement la tête, l'embrasse, l'étreint. Louis retient ses larmes. Ses doigts serrent la barre.

Moïra le devine chamboulé. Louis a le cœur si sensible qu'une trop forte émotion peut le faire craquer.

— Je voulais que tu sois le premier à l'apprendre. Attends, je reviens tout de suite.

Elle sort de la pièce et revient tenant une boîte de carton. Elle se dirige vers la chaise berçante, celle qui est toujours tournée vers la fenêtre, et pose sa main sur l'épaule frêle de la femme qui y est assise. Cette femme d'à peine quarante ans mais qui fait deux fois son âge, les cheveux blanchis par la peur, recroquevillée, muette, les yeux dans le vague. Moïra fait danser devant ce visage inerte une paire de petites bottines blanches, toute neuves.

— Regarde, maman. Elles vont pouvoir servir, finalement, ces petites bottines que tu avais achetées. Pas de gaspillage! Es-tu contente? Et je vais en raconter à mon tour, de nouvelles histoires, pour toi et pour le bébé. Tout recommencer.

Louis traîne la barre de fer et retourne au champ planter des pieux.

Table des matières

Marjolaine Bouchard
L'échappée des petites maisons, roman

Pascale Bourassa
Le puits, roman

Yves Chevrier
Pourquoi je n'ai pas pleuré mon frère, roman

Patrick Dion
Fol allié, roman

Alain Gagnon
Propos pour Jacob, essai

Frédéric Gagnon
Nirvana blues, roman

Caroline Moreno
Château de banlieue, roman

Jean-Marc Ouellet
L'homme des jours oubliés, roman

Michel Samson
Ombres sereines, récits

L'échappée des petites maisons,
treizième ouvrage de la collection
« La Grenouille bleue »,
a été achevé d'imprimer à Gatineau,
sur les presses de l'Imprimerie Gauvin,
en juillet deux mille onze
pour le compte des Éditions de La Grenouillère.